an·an
名物連載
美女入門
スペシャル

桃栗三年　美女三十年

林真理子

マガジンハウス

“そのうち美人”を探して

林 真理子

私が雑誌「アンアン」に連載を始めて、はや二十七年、なんと四半世紀になる。この十五年は「美女入門」というタイトルとなり、おかげさまで好評をいただいている。どうやったら美女になれるか、いったい美女とは何か、ということをネタにしたエッセイである。

生まれてこのかた、私は美女と呼ばれたことはない。呼ばれないどころか、ほど遠い存在である。

しかし、あれは私が十歳の少女の頃であったろうか。知り合いのおじさん、学校の美術教師をしている人が、母に向かってこう言ったのである。

「おたくのお嬢さん、そのうちきっと美人になるね」

この言葉は、その後の私の、どれほどの励ましとなったであろうか。その頃からどんどんデブになり、脂肪のために目がひと重になってしまった私であるが、希望を捨てることはなかった。

「今はこんなだけど、〝そのうち〟はいつかやってくる。そして私は美人になるのだ」

思えば私のこれまでの人生は、〝そのうち〟を探す旅といってもよい。しかし〝そのうち〟はなかなか来なかった。気配を感じたことはある。ＢＦが出来てダイエットに精出した頃、初めてヨーロッパ旅行をした頃、なんとはなしに、

「ちょっとイケてきたかも…」

と思った私。が、あとが続かなかった。いったい何がいけなかったのだろう。

そして私の苦難の歴史が始まる。二十代の終わりに世の中にデビューした私は、さんざん「デブ」とか「ブス」とか書かれたのである。私のデビュー作「ルンルンを買っておうちに帰ろう」というのは、「美人に生まれなかった女の子の悲しみ」を描いて、かなり衝撃的であったらしい。ブスを売り物にして、とも叩かれたが、私は本の中で、

「ブスに生まれた悲しみ」

なんか書いてないのにひどいじゃん。

とにかくいろんなことをバッシングされ、私はかなりひがんでしまった。そして過度のストレスから、食べる・飲むの生活が続き、おまけに夜更かししているから肌はボロボロという最悪の事態になったのである。ちょうど直木賞をいただいた頃だ。当時の写真を見ると、まるでお相撲さんのようなオカッパの女がいる。かなり異様な感じ。あれじゃ、いろいろ言われても仕方なかったであろう。

が、恋愛はずっとし続けていた。当時の恋人から、

「ウエストをもうちょっと何とかすれば、グラマーと言われる体型になるのに」

と言われたが、それでもダイエットしようとしなかったのは不思議である。

が、ここで大きな出来ごとが起こる。中東に講演旅行に行った私は、現地で働く日本人男性にひと目惚れしてしまったのだ。そして彼が休暇で東京に帰ってきた時に、

“そのうち美人”を探して

恋人同士となった。

そして毎日手紙を書き（メールもケイタイもない頃である）、時々は国際電話をする恋する乙女の私に、彼は言った。

「今度のラマダーンの休みの時に、イスタンブールで会おうよ」

それから私の死にものぐるいの努力が始まった。「その日まで二ヶ月」という標語の下、ダイエットにエステと、仕事そっちのけで頑張ったのである。こんな私に神さまは味方してくれた。うちのマンションの真ん前に、ジムをオープンさせてくれたのである。ドアツードアで一分のこのジムに行くことが、私の日課となった。水泳プールの中で体操のレッスンを受ける毎日、おかげで二ヶ月で、十キロ以上痩せ、お肌もすべすべになった私。スーツケースの中に、いっぱいドレスやランジェリーを入れ、たった二泊の旅のため、ファーストクラスに乗った私。あんなに華やいだ、高揚する気分になったのは、あれが最初であった。

「私は本当にキレイなんだもん。すっごくいい女なんだもん。ファーストクラスの価値があるんだもん」

本気でそう思えた。今は名前も思い出さない彼だけれども、本当に感謝している。努力すれば、ちゃんと結果は出る、ということを教えてくれたからである。

さて、その後私は結婚もし、ダイエット、リバウンドを繰り返している。そして中年という年齢になった。確実に言えることは、昔に比べてはるかにキレイ、もとい、

マシになったことであろう。ふつうの女性は、若い時がいちばん美しい。しかし私の場合は、

「ハヤシさん、この頃すごくキレイになった」

と言われるのである。〝そのうち〟がこの年になってようやくやってきた、という感じであろうか。

このあとは自慢話と思っていただきたいが、女性誌で私はよくこういう質問を受ける。

「ハヤシさん、どうして年をとってから、そんなにキレイになったんですか」

私は答える。

「内面がようやく外に表れてきたんじゃないでしょうか」

相手が「よく言うよ」という顔をしているので、私はちゃんと真面目に言い直す。

「だって時間も、お金もすんごく使ってるもの。ハンパじゃなく使ってるもの」

そしてこうつけ加える。

「〝そのうち〟を探してきたんですよ。それに出会える日をずっと求めて、今日まできたんです。私が美女になりたいと願わなくなったら、それは死ぬ時かもね」

この本の写真を見てほしい。修整なし。もちろん整形もしてませんよ。ふつうのおばさんに見えるかもしれないが、昔と比べりゃ、ものすごい進歩だ。こんなに頑張った女はちょっといないと思う。

an·an
名物連載
美女入門
スペシャル

桃栗三年 美女三十年

林真理子

Friends

美は友を呼ぶ！

Travel

美女は
旅で作られる

Contents

Mariko Hayashi

Beauty
美女メイク入門

Gourmet
マリコの
エブリデイ・グルメ

協力:メディアシーク
林真理子公式ブログ「あれもこれも日記」
hayashi-mariko.kirei.biglobe.ne.jp

美女は
旅で作られる

Photo : Emiko Tennichi　Stylist : Masae Hirasawa　Hair & Make-up : Maiko Ichikawa
Travel Arranger : Kazuyuki Murai
Special Thanks to Emirates Airline , Dubai Department of Tourism , Giorgio Armani

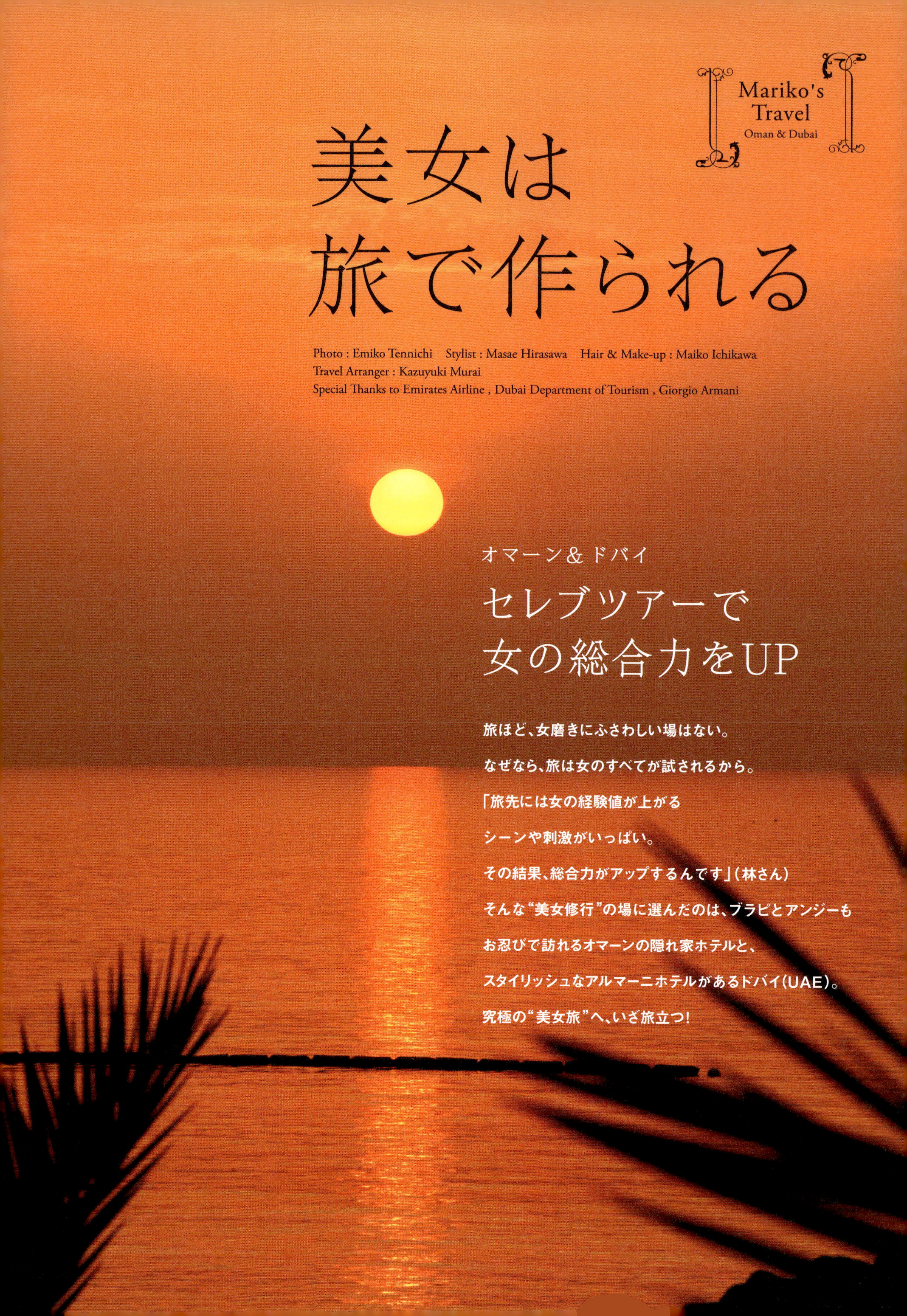

オマーン＆ドバイ

セレブツアーで
女の総合力をUP

旅ほど、女磨きにふさわしい場はない。
なぜなら、旅は女のすべてが試されるから。
「旅先には女の経験値が上がる
シーンや刺激がいっぱい。
その結果、総合力がアップするんです」（林さん）
そんな“美女修行”の場に選んだのは、ブラピとアンジーも
お忍びで訪れるオマーンの隠れ家ホテルと、
スタイリッシュなアルマーニホテルがあるドバイ（UAE）。
究極の“美女旅”へ、いざ旅立つ！

アラビア情緒あふれる建物が魅力のドバイ『THE PALACE,THE OLD TOWN』にて。「これからタイ料理をいただきながら、ドバイーのエンターテインメントである噴水ショーを拝見します」

ブラピとアンジーも来た！

世界のセレブ御用達 オマーン“ジギーベイ”で命の洗濯

目の前にはおだやかな海、ホテルの後ろには岩山がそびえるシックスセンシズ・ジギーベイ。
そんな別天地こそ、自分を見つめ直し、女磨きするには絶好の場所。
「しばし原稿を忘れてリラックスし、次の仕事への英気も養いたい」（林さん）

Oman

Six Senses Zighy Bay

ジギーベイの客室は、すべて独自設計のヴィラタイプ。どの部屋にもサンデッキのある専用プール、屋外シャワーへと続くバスルームが備えられている。

Mariko's Keyword

1 ワンランク上のホテルに身を置き、ふさわしい自分へとステップアップ

「旅は女の総合力を上げます」——若い頃から旅が大好きという林真理子さんは、オマーンのジギーベイで、そう語ってくれた。

「旅は女のすべてを試される場なんです。持っていく服、アクセサリー、靴。さらにホテルでの滞在の仕方で〝女の価値〟が試される。レストランでの立ち振る舞い、部屋の使い方、チップを含めたホテルスタッフとのつき合い方などでね」

もちろんランクの高いホテルに滞在すればするほど、そのハードルは高くなる。

「私はバブルの頃、さんざん五つ星のホテルに泊まりました。それらに滞在するハイソサエティな方々の立ち振る舞いを見て『どうしたら私もああなれるだろう……』とため息をつき、勉強をしてきました。なぜなら〝客もホテルの一部〟。そのホテルにふさわしくないゲストは、とても悪目立ちしてしまうんです」

今回、滞在先に選んだのは世界のセレブたちの隠れ家ホテルと呼ばれる『シックスセンシズ・ジギーベイ』。その美女磨きの旅をご覧あれ。

“ゲストもホテルの
一部という意識を持つと
女もランクアップできる”

BREAKFAST

ブレックファスト

早朝にドバイに到着し、そのまま車でジギーベイにチェックした林さん一行は、まずレストランのひとつ“Spice Market”で朝食を。「みずみずしいお野菜はホテルの菜園で作られたオーガニック。果物のスムージーで朝からビタミン補給、焼きたてのピタパンにお豆のムースやアラブ風サラダをはさんで食べる朝食なら、キレイになれそう」

WINE TOWER DINNER

ワイン タワー ディナー

ジギーベイは施設内に3つのレストランとバーを擁するが、ゲストのリクエストに合わせてさまざまなディナーをアレンジしてくれる。「レストランの料理だけでなく、バトラーと相談して自分ならではの“旅先での体験や感動を作る”。そんな経験も女磨きのひとつの技。私はワインセラーの塔の上で、プライベートディナーを楽しみました」

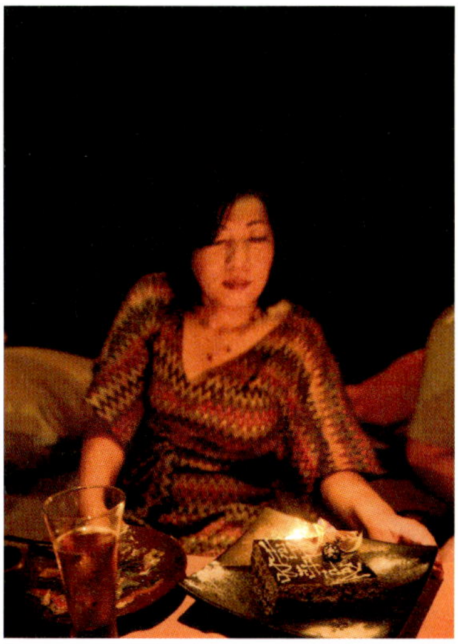

BEDOUIN STYLE DINING

ベドウィン スタイル ダイニング

この日はホテルのイベントで、ビーチを見ながら砂浜に座ってのベドウィン（砂漠の遊牧民族）スタイルのディナー。「メインの羊料理は24時間スパイスに浸し、砂に埋めて炭で蒸し焼きにしたアラブ料理。その土地の料理を楽しむのも、旅先での楽しみのひとつ。この日はホテルから、少し遅い誕生日を、ケーキでお祝いしていただきました」

“旅先ならではの
贅沢を味わって、
自分を極めてみる”

CHOCOLATE & WINE TASTING

チョコレート&ワインテイスティング

ジギーベイのワインセラーには、世界各国のワインが取り揃えられ、ソムリエが中心となり、ワインテイスティングのオプショナルなどを開催している。「ホテルのアクティビティはレジャーだけではありません。料理やその国の言葉や歴史の勉強、文化に触れるプログラムも。大切な自由時間は、内面磨きにも使いたいですね」

2

Mariko's Keyword

非日常な空間を味わい
心を解放し、自分を磨く

女性が旅に求めるのは〝非日常空間〟ではないだろうか。ホテルという、日頃の生活や仕事から隔離された空間に身を置き、時間をすべて自分のためだけに使う。プールサイドで読書をするのもよし、一日中スパで過ごし、全身を磨き上げるのもよし。林さんもスパ、おいしい食事とワイン、アフタヌーンティーと、すべての時間を、自分のために使った。

「滞在中、たまたま世界のトップ4のフェイシャリストに選ばれたセラピストの特別フェイシャルがスパで受けられると聞き、アポを取って体験しました。こうした自分磨きのご褒美には、投資を惜しみません」

そしてジギーベイではチェックイン時からゲストに非日常にトリップする方法を与えてくれる。

「今回、勇気が出なかったんですがホテルまであと少しで到着、という岩山の上からパラグライダーでチェックイン！なんてアクティビティがあるんです。次こそ、ぜひ！」

非日常的な体験こそ、新鮮な気分で明日を迎えられるパワーの源なのだ。

“自然素材で作られているホテル”という話に感動した林さんはリゾート内を散策。オマーンの建築は石を積み、そのつなぎに藁を練り込んだものなどエコ素材を使う。

“旅先では味覚も含め、
つねに五感を刺激！
ダイエットは明日から”

HIGH TEA AT ORGANIC GARDEN

オーガニックガーデンでのハイティー

ホテル内では自給自足を目指し、広々としたオーガニックガーデンを営んでいる。リクエストすれば、その一角で優雅なハイティーも楽しめる。「まあ、たくさんのスイーツ！」と、ここでは林さんのダイエットは小休止。「おいしいものは食べたいけど、素材も気になります。有機野菜を毎日いただけるなんて、安心だし贅沢ですね」

“スパの快楽に身を委ね、
ストレスから心を解放する、
これこそ究極の女磨き”

SIX SENSES SPA

シックスセンシズ スパ

世界三大スパのひとつといわれるシックスセンシズのスパ。世界各地から選び抜かれたセラピストが揃い、各種のウェルネスプログラムが用意されている。「スパに必要なのは、香り、部屋の清潔感、手技、レセプションの応対、使う化粧品やタオルなど。どれが欠けてもだめ。女磨きの旅は、鍵となるスパで選ぶと言ってもいいかもしれない」

白い壁と木の床や柱。そこにアースカラーのファブリックが彩りを添える。麻のリネンは肌に心地よいだけでなく、とても涼しい。計算されたエコを感じる。

GUEST ROOM

客室

「シックスセンシズは上質なエコリゾート。建物や調度品は、風景にとけ込み、やがて消えていくようにと、石や木といった自然の素材で作られています」。石を積んだ外壁、土壁、乾燥させた葉で編んだ屋根なども。「そこにファブリックの色使いやライトの灯りでセンスをプラス。素敵なインテリアはインスピレーションの源になります」

SIX SENSES ZIGHY BAY

シックスセンシズ・ジギーベイ

Zighy Bay,Musandam Peninsula Sultanate of Oman ☎968-26735-555（日本での予約：シックスセンシズ・リゾーツ＆スパ☎03-6228-4177） 全82棟 プールヴィラUS$900〜（税サ別、1泊1室につき） http://www.sixsenses.com/SixSensesZighyBay/

Dubai

Armani Hotel

ドバイ・アルマーニ ホテルに泊まって
身も心もセンスアップ！

あのアルマーニが世界で初めて手がけたホテルが、
世界一の高層ビルであるブルジュ・ハリファにある
「アルマーニ ホテル ドバイ」。
エコリゾートから一転し、都会のハイセンスなホテルに
逗留した林さんが見て、感じて、驚いたものは!?

映画『ミッション：インポッシブル／ゴースト・プロトコル』の舞台になった、天空に突き抜けるビル。トム・クルーズは本当にスタントなしで、外壁を登ったのか？

砂漠に人とモノを集めることを目的に、海外からの投資を誘致し、造られた人工の都市ドバイ。

「人生初のドバイなんです。しかも今回宿泊するのは、あの『アルマーニ』が世界で初めて作ったホテル」

アルマーニ ホテルがあるのは、高さ828mの世界一のビル「ブルジュ・ハリファ」。かなり遠くからも、天にそびえるその姿を眺めることができる。エントランスで車を降りると、そこは一転してアルマーニワールド。黒い制服に身を包んだ、モデルのようなドアボーイが勢揃い。

「同じラグジュアリーでもジギーベイとは対極。都会的でハイセンスなホテルだから、カジュアルな服でチェックインはできません。こういうホテルに泊まって緊張感を得るのも、女磨きのひとつのプロセスです」

オマーンでの装いから一転し、スーツとヒールでチェックインに臨んだ林さん。ホテルにふさわしい服を選べるのも、いい女の条件である。

「こういうスタイリッシュなホテルでは、背筋も伸び、歩き方も美しくなければと思います」

Mariko's Keyword

3 スタイリッシュなホテルで心地よい緊張感を得る

“スタイリッシュホテルでの
滞在では、シーンに合わせて
服を選ぶセンスが大切”

「アルマーニ ホテルに泊まるのだから……」と選んだ、アルマーニのスーツ。「ドアボーイに快く『行ってらっしゃい』と言ってもらえるような服を着ていたいですね」

GUEST ROOM

客室

林さんが泊まったのは、アルマーニファウンテンスイート。「ドバイーの噴水を見下ろすリビング、ベッドルーム、書斎、ダイニングルーム、プライベートバーまでついていました。私が何より感動したのは花のしつらえの美しさ。どちらかというと無機質なインテリアなので花のアレンジが一際引き立っていました。インテリアの参考になります」

ARMANI / SPA

アルマーニ / スパ

施術は手前のフットバスで始まり、奥のベッドに移る。「体を温めるハーブの飲み物をいただきながらコンサルテーションをして、肌や悩みにふさわしいコースを決めます。モダンで無駄のない、アルマーニらしい個室ながら、オールハンドで温かみのあるトリートメントがよかったです」

“見て、感じて、学べること。
洗練されたもてなしに、
改めて上質を知る”

ARMANI / AMAL

アマール / インド料理

滞在中、林さんが「一番おいしい！」と絶賛したのがアルマーニ ホテルのインド料理。“シェフのお薦め”では、アペタイザー、スターター、タンドール、魚、肉、デザートのコースがAED550(¥11,880) で楽しめる。「国際都市ドバイならではのインド料理。さすが世界中の一流シェフが集まる街。やっぱりグルメは旅の一番の楽しみですね」

ARMANI Hotel Dubai

アルマーニ ホテル ドバイ

P.O.Box 888333,Burj Khalifa,Dubai
☎971-4-888-3888 全160室 シーズンにより料金は異なるのでHPをご覧下さい http://www.dubai.armanihotel.com/

“その土地ならではの
イベントは
チェックを欠かさない”

THIPTARA

ティプタラ

ドバイ最大のエンターテインメントは、迫力満点の噴水ショー。音楽や光に合わせ、水が生きているかのように踊る姿は圧巻。そのショーの特等席が、「ザ・パレス・ジ・オールドタウン」の中にあるタイレストラン『ティプタラ』のテラスシート。「おいしいタイ料理をいただきながら、興奮して、最高に気分がアガりました。そこでしか体験できないイベントは、必ずチェックを」

THE PALACE THE OLD TOWN

ザ・パレス・ジ・オールドタウン

Emaar Boulevard,The Old Town Island, Downtown Dubai,P.O.Box9770,Dubai, UAE ☎971-4-4287888（日本での予約先：コスモクラーツトラベル☎03-5565-1157） 全242室 デラックスルームAED3,360～（税・サ別） http://www.theaddress.com/en/hotel/the-palace-the-old-town

Mariko's Keyword

4 ドバイのエンターテインメントは心が上がる!

まるでアラブの王宮のような、伝統的な装飾に彩られた「ザ・パレス・ジ・オールドタウン」。夕暮れの中、銀のポットでモロッコティーをいただく。

バブルがはじけた、ともいわれたドバイだが、世界中から観光客が集まり、街は活気にあふれていた。

「今回はたった2日間の滞在なので、ホテルから近いゴールドスークやスパイススークで、アクセサリーや友だちへのお土産にスパイスを買いました。そして世界最大のショッピングモール『ドバイモール』ではブランドクルーズ。買い物は本当にストレス解消になります。アラビアンな街並みを歩いたり、モールで次から次へとお店を見ていると、それだけでウキウキしてきますね」

東京ではゆっくり買い物する時間を作れない林さん。素敵なジャケットを見つけて声をあげ、あれこれ試着する姿は、本当に楽しそう！

「世界一のビル『ブルジュ・ハリファ』の展望台では、久しぶりに記念撮影も！　夜はダイナミックな噴水ショーが見られたり、通り沿いがライトアップされたりと、街のあちこちで観光客を楽しませようとしているみたい。ドバイは、いるだけで心が上がる街です。また、来てみたいです」

“スーベニール・クルーズ、
ブランド・クルーズ、
買い物は旅の醍醐味”

SOUK

スーク

スークとはアラブのマーケット。デイラ地区にあるゴールドスークとスパイススークは歩いてまわれる。「ゴールドスークはあまりに数が多すぎて、目がくらくら。こちらのは24金でゴージャスなデザイン。スパイススークでは、日本で高価なサフランをお土産に買いました」。散策を楽しみ、お土産を買うのに、お薦めしたいスポット。

DUBAI MALL

ドバイモール

ブルジュ・ハリファの隣にあり、1200もの店舗が連なる世界一のショッピングモール。「ドルガバ、エルメス、アルマーニなどで次々ショッピング。香港とは違って、ドバイには“私サイズ”の服が揃っていて、ますます買い物魂に火がつきました。調子に乗って、『モール・オブ・ジ・エミレーツ』にも行き、モールのはしごをしてしまいました」。女がハッピーオーラ全開になるのがショッピング。

ドバイへは成田からエミレーツ航空の直行便で約11時間。フルフラットシート（ビジネスクラス以上）、おいしいと評判の食事で、機内から気分がアガルこと間違いなし！

☆通貨はオマーン（1OMR＝¥205）、UAE（1AED＝¥21.6）どちらも2012年6月現在

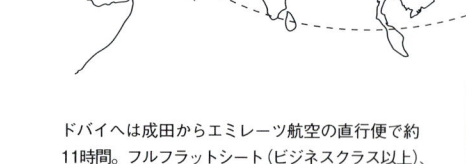

デイラ地区にはアラビア情緒あふれる建物がそこかしこに。暑さにもめげず、林さんの買い物パワーはフルスロットル！

Mariko's Travel
Around the World

美女トラベラー アラウンド・ザ・ワールド

グルメ、ファッション、エステ、そしてサプライズ。
旅にはキレイになるエッセンスがぎっしり凝縮されている。
ananトラベルから開運ツアーまで、マリコの美女旅全カタログ。

Photo:Emiko Tennichi

Thailand

ホアヒン

アンアン読者と行った、みんなでキレイになるタイ。

２００７年10月、アンアンでの「美女入門」連載５００回を記念して、公募で選ばれた読者4人とタイの『チバソム・インターナショナル・ヘルスリゾート』へ。２００種類ものスパメニューやフィットネス、セラピー、さらに〝病的な便秘〟に苦しんでいた林さんが、たった一日でお通じがくるようになったというオーガニック料理など、そこはまさに究極の美女養成リゾート。

「でも、旅には〝サプライズ〟がなくてはと、途中で担当編集とこっそり抜け出して、油こってりのタイソバを食べに行ったのは反省の種です(笑)」

チバソム・インターナショナル・ヘルスリゾート

73/4 Petchkasem Road, Hua Hin 77110, Thailand ☎66-3253-6536（日本での予約先：コンシューマー・サービス☎03-3403-5355） 宿泊は3泊4日～（3食、施設利用等含む） www.chivasom.com

FOOD

名物の“スパキュイジーヌ”は有機野菜と南国のフルーツをふんだんに使った超ヘルシーメニューが1日3食供される。肉や魚もあるが、塩は使わず、油も極限まで減らした低脂肪・低カロリー食で体の内側から美しくなる。

SPA

インドのアーユルヴェーダ、中国の気の療法など、東西の自然療法と最新医療の様々なアプローチで考えられた200種類のメニューから、美容や健康、ダイエットなど、目的に応じて一人一人に合うプログラムを組んでくれる。

東京から3時間の美人都市。中国・杭州でキレイになる！

China
杭州

杭州は、上海からほど近い中国の古都。話題の最高級リゾートホテルができ、最先端の技術を備えた贅沢なエステが受けられると聞いて、出向いたのは2006年5月のこと。当時まだ、中国は「美容発展途上国」だと思っていた林さんは、訪れたフーチュンリゾートの豪奢で洗練を極めた美しさにうっとり。

部屋からエステに行くまでの通路の優雅さは、まるで宮廷の寵姫の気分。バリ式フットマッサージや若返りのフェイシャルケアなどを体験したり、中国の詩人たちが詠んだ絶景の名所・西湖の風景を楽しんだり、心身共に美に浸りきった。

フーチュンリゾート ハンジョウ（富春山居度假村）

浙江省杭州市杭富沿江公路富陽段311401 ☎0571-6341-9500 デラックスルーム（全29室）2000元〜、スイートルーム（全41室）3100元〜など。ゴルフ場も併設。
www.fuchunresort.com

FOOD

朝食は美しい湖を望む湖廊居のテラスにて。フレッシュフルーツジュースでカラダがシャキッとする。このほか館内には中華料理の『アジアレストラン』、多国籍料理の『Club8』などがある。林さん曰く紹興酒が美味。

SPA

エッセンシャルオイルを使ったバリ式フットマッサージでは、杭州の名産である最高級茶葉「龍井茶」で足を洗う。ほかにも多彩なメニューが。友達や恋人と二人、貸切でトリートメントが受けられるヴィラも人気。

2010.9

美女旅は続くよ、どこまでも。

美と食を求めて世界を飛びまわる！ ヨーロッパから東南アジア、国内まで、ラグジュアリーな旅のアルバム。

Switzerland

ジュネーブ、ローザンヌ取材旅行

ジュネーブは食べ物がおいしくて、デザートが豊富。チーズの産地だけあって、スイスワインとつまむデザートチーズが格別。10世紀のお城見学、ローザンヌの三つ星レストラン、オペラ鑑賞など盛りだくさんの旅に。でも最大の収穫は"スイスにはイケメンが多い"と知ったこと。

Europe

イギリス〜ドイツ オペラツアー

作曲家の三枝成彰さんを団長に、12人ほどで9日間のオペラツアーに。ブライトンの郊外のオペラ劇場で、幕間にピクニック（男女とも正装）。ミュンヘンでは山間の小さな村でキリスト受難劇を鑑賞。そしてオペラファンの聖地、ザルツブルク音楽祭へ。とてもゴージャスな旅。

2010.8

2010.7

Hong Kong

仲良し３人組 買い物ツアー

いつもの中井美穂さん、ホリキさんと。宿泊はマンダリン オリエンタル。香港はちょうどファイナルバーゲンの季節、半額でブランド靴大放出中。その勢いでなんと8足も購入。香港聘珍楼、福臨門、有名な飲茶屋さんの名都酒楼などでおいしいものもいっぱい食べて大満足の旅に。

Hawaii

ゆったり家族旅行

宿泊はロイヤルハワイアンホテル。恋人たちの丘や、オアフ島の聖地クカニロコ・バースストーンなどを観光。現地の若い友人の「私、ハヤシさんがバンバン買うところ見たーい」という声に踊らされて、大盤振る舞いでシャネルでジャケット他、大量購入。

2010.11

2012.1

Thailand

ゴージャス！ 取材旅行

小説の取材でバンコクへ。宿泊はマンダリン オリエンタル バンコクのオーサーズ スイート。部屋には専用のバトラーつき。有名なタイ料理屋でカニと卵のプーパッポンカリー、揚げたデザート、さらに屋台の香草入りソバなどを食べまくり、マリコ史上記録的な体重に…。

Okinawa

娘と一緒のショートトリップ

名護市のザ・ブセナテラスに宿泊。美しい海が一望できる素敵なオーシャンビューの部屋。ところが天気はあいにくの曇り空。世界遺産に選ばれた今帰仁（なきじん）城跡、美ら海水族館、首里城などを観光。公設市場にも行ってお約束の揚げたての歩サーターアンダギーを購入。

2012.1

2011.2

Kyoto

京都の定宿ホテル

「京都は年柄年中マイブーム」という林さん。仲良しの麻生圭子さんの案内で葵祭や祇園祭を見学したり、源氏物語の取材に訪れたり、特別に十二単を着せてもらったことも。いつも宿泊するのは、ハイアット リージェンシー 京都。気持ちがシャキッとする、モダンで素敵なホテル。

Kochi

人々のあたたかさに触れる旅

2009年にエンジン01のイベントで訪れて以来、すっかり虜になった高知。とにかく人があたたかくて気持ちいい。食べ物もおいしい。町中が宴会場になる年に一度のお祭り「おきゃく」や、江戸時代から続く名物の「日曜市」など、独特のノリがあって何度でも行きたくなる。

2011.3

Spiritual Tour

吉例！ 江原啓之さんと行く 開運スピリチュアルツアー

毎年新春に江原さんがツアコンをつとめ、各地の神社にお参り。おいしいものもたらふく食べて、一年の活力をつける開運ツアー。これまで訪れた日本有数の開運スポットをすべて紹介。

Photo:Kunihiro Fukumori, Sodo Kawaguchi, Yasuhide Azuma

第8回　青森ツアー
岩木山神社

青森の岩木山神社は、新幹線の新青森駅から車で約2時間、弘前方面へ向かったところにある。当日は、ものすごい雪の中、参道を歩く。境内の湧水は、200年以上前の岩木山の水が流れていて、日本有数のパワースポット。帰りは弘前の有名な寿司屋「仁平」で食事。翌日行った市場は、イケメンの店主だらけ。青森はイケメン率がものすごく高いことを発見した旅でもあった。（アンアン1746号）

第9回　埼玉ツアー
大宮 氷川神社

開運ツアーに同行する担当編集者には、いいことが起こるというジンクスが。昨年同行したグンジは、ツアー後妊娠が発覚。江原さんが選んだ大宮の氷川神社は、2400年前につくられた、全国の氷川神社の総社。パワーも本当に強い。みんなで神社内にある池（江原さん曰く龍神がいるという）にもお参り。夕食は恵比寿の中華「龍天門」。辰年に龍づくしで縁起がいい？（アンアン1798号）

第3回　神奈川ツアー
寒川神社ほか

過去2回のツアーのご利益か、担当編集のホッシーは無事結婚。林さんもヒット作に恵まれた。今回は、江原さんがとてもいい神社だという神奈川の寒川神社にお参り。さらに箱根の高級ホテル「金乃竹」に泊まり、翌日はH神社へ。ところが祝詞の要領が悪く、名前も間違えられて…。中身の神様はご立派とのことでお守りを購入。（『美か、さもなくば死を』『愛はすぐそこ』より）

第7回　横須賀ツアー
走水神社ほか

「横須賀にすごくいい神社がある」と江原さん。走水神社は、ヤマトタケルノミコトを身を挺して守ったお妃、オトタチバナヒメノミコトの伝説で有名。さらに住宅街の小さな神社にもお参り。〝婦徳の鑑〟と敬われた「小桜姫」ゆかりの地で、日本のスピリチュアリズムにとっても重要な場所なのだとか。鳥居の向こうに海が見えて心が清まる思いが。（『美女の七光り』『吉例！　開運ツアー』より）

第2回　奈良ツアー

石上神宮、大神神社

石上神宮は由緒ある霊剣をお祀りしてあり、「すごく霊気の強いところだから気持ちを引き締めてお参りを」と江原さん。林さんは参拝中に急に頭痛に襲われた。強い霊力にあたったらしい。次に訪れた大神神社は、体と心が癒されるやさしい神社。鳥居をくぐった途端に頭痛が消えた。林さんが、江原さんに「フランス人の恋人ができちゃったりして」と言われたのはこの旅の道すがら。（アンアン1453、1454号）

第4回　戸隠ツアー

戸隠神社

戸隠神社は江原さんの中で一、二を争う「とんでもないパワーを持った神社」だという。深い雪の中を膝まで埋まりながら、途中の宝光社に礼拝し、目的の中社へ。ひとりひとりに大祓いをして丁寧に祝詞をあげてもらい感動。宿泊先は料理が一番おいしいという「鷹明亭 辻旅館」。そこで食べた打ちたての戸隠そばは抜群だった。（『美は惜しみなく奪う』「戸隠スピリチュアルツアー①②」より）

第1回　出雲ツアー

出雲大社

「僕はパワーをチャージするために、ときどき出雲へ行くんですよ」という江原さんとともに出かけた記念すべき第1回ツアー。鳥居をくぐった途端に、曇り空から光が差し込んできた。境内はゆっくり歩いて、周りの樹木や空気からもパワーをいただくといい。出雲大社は日本の神話と縁が深く、霊的パワーがすぐれているという。参拝後は名物の出雲そばに舌鼓。（アンアン1395号）

第5回　宮崎ツアー

高千穂神社

幻に終わったツアー。宮崎で講演中の江原さんと現地で会って高千穂神社にお参りしようということになり、夏休みで宮崎に来ていた担当ホッシーとも合流。ところが当日、なんと台風が直撃。お参りは諦めて、飛行機の欠航を心配しながらタクシーで熊本空港に向かい、東京に帰ることに…。林さんは2日後、青森で再び同じ台風に襲われた。（『美は惜しみなく奪う』「見せたがり屋」より）

第6回　伊勢ツアー

猿田彦神社、伊勢神宮の外宮、内宮

江原さんによると、お伊勢さんこそ日本人の魂のふるさと、すごく強いパワーがあるところ。今年は恋ではなくダイエット祈願を、と決心するが、不祥事で営業停止だった赤福が営業を再開したばかりで、お伊勢さまはものすごい人波。猿田彦神社、伊勢神宮の外宮、内宮を順に参拝し、とてもありがたい内宮のお札を購入。（『地獄の沙汰も美女次第』「伊勢スピリチュアルツアー①②」より）

MARIKO'S WORDS 01 マリコの教え

『美女入門』のいたるところに
ちりばめられた、読めば読むほど
味の出る"ハヤシさんの名言"。
"キレイになる極意"を三度唱えれば、
あなたの美女度も200%アップ!

恋というもののメンタリティを いちばん楽しめる時期というのは、二回ぐらいキスをした後ではないだろうか。

——『美女入門』「キスの話」より

まだ女のコの肉体を手に入れてない男のコは、うんとうんと優しくなっている。髪なんかを丁寧に撫でてくれるはずだ。そして今度はふたりっきりになりたいとか、どこへ行こうか、などとささやく。が、拒否権はまだ女のコの方にある。これが肉体関係に突入すると、それはそれで楽しいが、暗くどろどろしたものも同時に発生してくる。

花には水、女にはお世辞。

——『美女入門 PART2』「花には水、女にはお世辞」より

思い出を上手に編集すれば、誰だってモテた過去を持つことが出来る。後は、誉め言葉専用の男をひとり確保して、誉め言葉をしょっちゅう浴びせてもらうと、たちまちいきいきと素敵な女になる。すると女たちも一目置くようになり、本当に「モテるらしい」という噂が立つ。男はこういう噂に弱く、アリンコのように寄ってくる。

「競争率の低い男に愛されるのと、誰もが欲しがる男とつき合って、いつもヤキモキするのと、どっちが幸せなんだろう」

——『美は惜しみなく奪う』「選ばれるオンナ」より

七割ぐらいが前者を選ぶような気がする。自分の身のほどを知っているからだ。が、残りの三割の、自信に溢れた女たちは違うかもしれない。自分に似合った特上クラスの男を手に入れ、いろんな駆け引きを楽しむのであろう。そんな人生も楽しいだろうなァ。

狭いアパートやワンルームのマンションじゃなくって、
その上の1LDKに住む頃って、
女も恋愛も盛りを迎えるのである。

――――――――『美女の七光り』「1LDKの女」より

「私は今でも羨ましくて仕方ない光景がある。それは金曜の夜、サラリーマンとOLのカップルが、スーパーの袋をぶらさげて歩いている姿だ。これからどちらかのうちに"お泊まり"するんだろうな。その際、壁の薄いワンルームなんかだと気兼ねもするはず。やはり女のコの方で、1LDKに住むぐらいの甲斐性持って、ばっちり主導権を握る。これが肝心だ」。男の財布を頼りにしているうちは、恋愛も半人前ということ。

1LDKの女がいちばんモテる!

トウが立った女優さんの着こなし
露出が少ない分カサ高い

女のボディは歴史である。
最初からおしゃれな人なんていない。
失敗しながら気を使い、頭も使い、
お金だってもちろん使って、
服を自分のものにしていく気概がなけりゃ。

――――――――『美女入門』「ボディは語る」より

ある編集者は、「パワーと才能がなければ、お洋服は着こなせないのよ」と言った。ある日、十年ぐらい前に一世を風靡した女優さんが、すごくビンボーったらしい格好をしていることに驚いたが、彼女はインタビューで「私は三千円以上のものは買わない」と言っていた。ずうっとケチをしていると、その報いが体に出てしまうのだ。

夜を制するものは体重を制す。

――――――――『美女入門』
「夜を制するものは、体重を制す」より

ファッションモデルの人の中には、近くで見ると拒食症みたいな人もいる。
近くで見るとシワシワ
が、うらやましい…

夜をとにかく我慢する。夫のためにトンカツを揚げても、私は手を出さない。野菜の煮物とか、酢のものをつまむぐらいにする。夫はビールやワインの栓をすぐ開けるが、私はちょっと口をつけるだけだ。その代り、ミネラルウォーターは食事の間中、がぶがぶ飲む。野菜と水でお腹をいっぱいにしておけば、どうっていうことはないであろう。

Mariko's Friends

美は友を呼ぶ！

Mariko × Koyuki

Talk to Talk

Photo : Emiko Tennichi　Hair&Make-up : Shinichi Omoshita（aiutare ／ Mariko Hayashi）
Yasushi Fujimoto（FACE-T ／ Koyuki）　Styling : Masae Hirasawa（Mariko Hayashi）
Hiromi Oshida（Koyuki）
Special Thanks : ADORE、FEDERICO BUCCELLATI

永遠の美女ライバル　小雪 vs.マリコ

“本物の美女は、年を重ねるほどキレイになる！”

結婚、出産を経て、年齢を重ねるほど美しさを増す小雪さんとマリコさん。ふたりの共通点は、仕事には全力投球、そして家庭では子育てもするひとりのママ。家も近所という、進化し続けるふたりの美女が、美の秘密、そしてプライベートについて語ります。

マリコ　小雪さん、お久しぶり！　お見かけしたところ、出産後の体型はもう完璧？

小雪さん（以下、敬称略）　いえ、まだあと1kgぐらい戻っていないんですよ。

マリコ　えっ、それで……。

小雪　まだ赤ちゃんに取られる時間が多くて、以前ほど運動ができないんです。

マリコ　出産前はちゃんと運動していたの？

小雪　運動といっても、犬の散歩をしたり、週に2回ぐらいジムに行ったり、ジムでもエアロビしたり、プールで泳いだり、自分が楽しめるものをやるといった感じで……。

マリコ　すごいわ。私はいつも続かないの。続いているのは犬の散歩ぐらい。小雪さんの散歩姿は、よくお見かけします。夜道でマスクをしていたときも、シルエットが違うし、オーラが違うのよ。小雪さんって高校のときはバレーボール少女で、その後は看護学校に行ってらしたんでしょう？　その頃から、そんなプロポーションだったの？

小雪　いえ、高校3年生でモデルを始めたんですが、当時は筋肉質なのが気になり、毎日1時間ぐらいマッサージしていました。周りのモデルはみんなガリガリだから、もっと細くしなきゃと。

マリコ　どうやって痩せたの？

小雪　食べ物も我慢しましたよ。けっこうストイックに。揚げ物は衣を剥がし、体に悪そうなものは一切排除しました。夜も10時に寝ていたし。

マリコ　やっぱり食べ物なのね……。それにしても、モデルさんになってから、ずっとそういうストイックな生活を送っていたの？

小雪　私は目的突進型なんです（笑）。

マリコ　小雪さんは女優になった途端、順風満帆って感じ。モデルから転向して、ここまで成功する人いたかしら？　しかもさらりと仕事して、結婚して、子供を産んで。若い人が憧れますね。

小雪　人並みに苦労はしていますが、あまり深くは考えないようにしています。

お腹が大きいのを隠さない小雪さんが新鮮だった

マリコ　私、今でも覚えているの、小雪さんの素敵な顔。妊娠中、舞台挨拶に出たとき、「（赤ちゃんが）もうお腹の中で暴れているんですよ」とニコッて笑った顔。すごい幸せそうで、いい顔だった。

小雪　ありがとうございます。9か月の頃ですね。

マリコ　妊婦姿を絶対に撮られたくないっていう人

もいるのに、大きなお腹も「当然ですけど、それが何か?」って感じで。とても新鮮で素敵でした。出産は想像した通りでしたか?

小雪　無痛分娩だったんですが、看護学校にいたし、出産前にいろいろ勉強したので、お医者さまに「それ以上、薬を入れないでください。子供が生まれる感覚を母として体験したいから、ぎりぎりまで我慢します。しんどかったら少しだけ入れてください」とお願いしたんです。

マリコ　私は帝王切開だったから……。

小雪　私は近所の病院で出産したんですよ。

マリコ　ええ?　ブランド病院じゃないの?

小雪　ふつうの病院。自分で何もかも、打ち合わせもしました。自分で開拓していくのが好きなんで。

マリコ　でもシステムに乗らないと、自分で何でも

Talk to Talk

Koyuki

やらなきゃいけないし、面倒くさいことが多いじゃない。そういうこともやっちゃうの?

小雪　ふつうのことを経験するのはためになります。出産を通じては、女性がもっと産後の体のケアを考えたり、どう生きていきたいかを考えられる、余裕のある社会の体制が欲しいと感じました。

子供が生まれると新しい世界が開けますね

マリコ　おっしゃる通りだわ。

小雪　私は自分の子供がいじめられたらとか、人にどう見られるかしらとか、まったく考えていないので、小学校は公立に通わせると思います。で、中学、高校は本人が行きたいところに行かせたい。海外に行きたいと言ったら「行っておいで」って背中叩いて送り出すと思います。小学生からひとりで海外のサマーキャンプに行かせ、いろいろな世界の子と出会い、文化を学んでほしい。

マリコ　サマーキャンプはいっぱいありますよ。うちの娘を小学校3年生のときに行かせようとしたんだけど、前日に集合したホテルで泣いて泣いて。飛行機代も払っていたのに、キャンセルしたんです。

小雪　私は世界中に友だちがいるので、怖いと感じ

“私は、自分で新しいことを開拓して行くのが好きなんです

―― 小雪”

“小雪さんってイメージ違う。強くて国際的で、アンジーみたい

――マリコ”

る前から送り込んじゃおうと思っています。

マリコ　ところでなんであんなに英語うまいの？

小雪　自分で勉強しています。海外のオーディション前、映画の前は集中的に。言葉はいろいろやるより、本を一冊でも、ひとつの教材でもいいから、それをマスターした方がものになるんですって。

マリコ　ちょっと、なんか、小雪さんって、イメージ違う。日本の人じゃないみたい。ハリウッドのアンジー（アンジェリーナ・ジョリー）の雰囲気に近いかも。すごい強くて、本当に世界で活躍しそう。お子さんを産んで、考え方が変わったの？

小雪　前から同じだと思うけど、子供が生まれると新しい世界が開けるじゃないですか？

マリコ　そういう小雪さんだから、ご主人はあなたを好きになったのよね。わかるわ、なんか。あの方って、ものすごいピュアな感じがするものね。

小雪　そうですか？　うん、たしかにピュアなところはありますね。

マリコ　なんか魂がまっすぐな感じ。いいよね、そういう結婚って。包み込んであげるけど、お互いにリスペクトして、高め合っていく感じがする。

小雪　自立した関係が理想なんです。彼はまだ27歳で、やらなきゃいけないことがたくさんあります。

Mariko

今は中国語や英語を勉強して、しかも中国映画も好きだから「何か月か中国に行っておいでよ」と言っています。でも中国はあまり暮らしやすそうではないので、行くのならひとりで行ってねと（笑）

マリコ　わー、おかしい（笑）。

小雪　そういう感じです、私たち（笑）。

マリコ　小雪さんってバラエティに出ないから、こういう話を聞く機会がないじゃない。神秘的だから、こんなに自立した人だと思っていなかった。ふんわりやさしそうな、しとやかな人だと思った。

小雪　幸せは自分で作っていかないと！

マリコ　素晴らしい！（拍手）　そうなのよ、幸せは誰も作ってくれないから。

小雪　だから新しい世界に足を踏み込んでいくこと

Talk to Talk

Koyuki

小雪　女優。1976年生まれ。神奈川県出身。近著『生きていく力。』（小学館）が好評発売中。国立西洋美術館、九州国立博物館で開催中の「ベルリン国立美術館展」で音声ガイドナレーションを担当。

が楽しいんです。

マリコ　そういう意味では子供を産むっていいですよね。新しい世界が広がりますから。

小雪　子育てって自分が犠牲になっているつもりでいるけど、忍耐力を養ってもらい、成長させてもらっているんだとわかりました。

マリコ　私は夫に成長させてもらっています……。

小雪　わあ、素敵ですね！

マリコ　いや、そういう意味じゃなく……。あんなわがままな人と暮らすって、すごいことだから。

小雪　そう考える林さんは素晴らしいです！

マリコ　きっと神様が私から〝傲慢さ〟を取り除くために、こういう人を与えてくれたんだなって。本当にありがたいなって思っています（笑）。

小雪　いや、それは林さんが素敵な人だから、そういう方を与えられたんですよ。雑誌のインタビューや作品で林さんを拝見していて、つねに変化している女性だなと感じました。それって、とても素晴らしいことだと思います。

マリコ　夫のわがままを我慢して、22年よ～。ところでご主人は青森の方じゃないですか。青森ってときたま天才的っていうか、霊的なものを持って生まれてくる人がいますよね。寺山修司とか。

小雪　たしかに彼もまれなタイプの人だと思います。私も彼とは映画で共演して出会ったんですが、カチンってスタートがかかると、ふわっと変わるんですよ。ものすごい集中するタイプ。彼みたいな人を憑依系の俳優というのかしら？　それだけに、俳優という仕事でないと、むずかしいタイプの人間じゃないかなって思う。

マリコ　ところで、その髪のツヤはどうしているの？

“ 林さんはつねに変化している。
言葉や作品からそれを感じます

―――――――― 小雪 ”

“ご主人は魂がまっすぐな人、
そんな印象を受けました

——— マリコ”

小雪　髪を洗ったり、ヘアケアする際はかなりお水にこだわっています。

マリコ　そんなすごいお水があるの？

小雪　林さんにも、後で少しお裾分けしますね。

マリコ　まあ、ありがとう。髪って年齢とともにぱさぱさしてくるから、小雪さんみたいなツヤが憧れなのよ。早速、試してみるわ。水ということは食材にもこだわりが？

小雪　子供がいると買い物もろくに行けないので、今は自然食の宅配を利用しています。

マリコ　お野菜がおいしいわよね。

小雪　あれはだめ、これはだめというよりは、食べたいものをいい素材で食べたいなと思って。

マリコ　小雪さんは離乳食とかも、手を抜かないで作りそうですね。今日のお洋服も素敵だけど、最近はどんなものをお召しになっているの？

Mariko

小雪　プレシャスの専属を始めたころ、全身をブランドで固めるコーディネートをやめて、いいコートにふつうのボトムを合わせるとか、ミックススタイルを楽しむようになったんです。

マリコ　いいもの一点主義ね。

小雪　はい、いいものは数多くなくていいから。今はアースカラーを中心にした究極のシンプル。

マリコ　まあ、おしゃれ。私も今日みたいにレースのジャケットの中にTシャツを合わせたり、いろいろなファッションを工夫しています。これからは小雪さんの着こなしも参考にさせていただきます。

小雪　私こそ、今日は（対談前に）おいしいお店をいっぱい教えていただけてうれしかった！

マリコ　今度はぜひ、おいしいお寿司屋さんにご一緒しましょう。

小雪　うれしい！　楽しみにしています。

Mariko's Friends

for Ladies

華麗なる交友録①

美女になるには、できるだけ多くの“美女達《びじょだち》”を作り、
そのヒントを盗むことが大切。美人道を邁進する、
マリコのセレブビューティネットワーク。

姿月あさとさん

ヴォーカリスト

‘09年に龍馬ミュージカルで龍馬とおりょうを演じた仲。舞台では愛の歌を2曲デュエット。当時の林さんは、姿月さんに恋しているようでした。

牧瀬里穂さん

女優

以前、藤間流の日本舞踊を習っていたときの姉妹弟子の間柄。しばらくご無沙汰だったけど、宝塚の公演では偶然、隣同士の席になってびっくり。

君島十和子さん

「フェリーチェ トワコ」代表

「美女とは惜しみなく自分の知恵を人に与えてくれるものなのだ」と思わせてくれた人。十和子さんとのランチは“十和子塾”と名づけられた。

大石静さん

脚本家

タレント番組審議会の後で一緒に食事に出かけたり、ジル・サンダーにお買い物に行ったり。「面白くて純粋で男前の女性で大好き」と林さん。

神田うのさん

モデル、デザイナー

セレブが最高のワインを持ち寄って集まるワインの会で知り合ったうのちゃん。一緒に旅行し、旅先でもおしゃれに手を抜かない姿勢が刺激に。

押切もえさん

モデル

‘09年に勝間和代さんの声掛けによる女4人の食事会で知り合い、翌年セレブワインの会で一緒に。「信じられないほど可愛い顔と長い脚の持ち主」

川島なお美さん

女優

川島さんを筆頭に新潮社の中瀬さんらと“魔性の会”結成。ワインを飲んでも太らない秘訣や、洗練の魔性ぶりで林さんに多大な影響を与えている。

井上絵美さん

料理研究家

美しすぎる料理研究家の井上さんは、よく一緒においしいものを食べる仲。小説『東京デザート物語』巻末のデザートレシピは井上絵美さん監修。

中井美穂さん

アナウンサー

中井さんとは大学の先輩後輩。一緒においしいものを食べに行ったり、観劇、香港買い物ツアーなど、楽しく過ごす様子がブログでもよく見られる。

藤真利子さん

女優

昔から仲良しの藤さん。林さんが歩んできた美人道を初期のころから見守っていた人。藤さん出演の舞台の帰りに、一緒に食事をしたときの写真。

安倍昭恵さん（左）

安倍晋三元首相夫人

けらえいこさん（右）

漫画家

アッキーこと安倍昭恵さんは美食仲間。一緒に白金台のカンテサンスや蒲田の日本一おいしいお好み焼き屋など、都内の最高のお店に出かけている。'10年の年末にけらえいこさんとともに久遠での忘年会に参加。

柴門ふみさん

漫画家

昔からの気の合う友だち。好きなブランドが同じなので、服がかぶってしまうことが。ユーミンのコンサートでは同じスカートをはいていた。

瀬戸内寂聴さん

作家、僧侶

尊敬する寂聴先生と新橋でお食事。寂聴先生は元祖肉食女子。「私は元気という病気にかかっているの、とおっしゃる先生は私の目標であり憧れ」

有森裕子さん

女子マラソンメダリスト

文化の発展と普及を目的としたエンジン01の活動で仲良くなった有森さん。その無駄のないボディに魅せられ、一緒にマラソンを走ることを決意。

あくらさん

女優

『トーキョー偏差値』でスーパー妹分として登場。以来、エッセイ＆ブログ常連の元タカラジェンヌ。「まるで中原淳一さんの絵のようなかわいさ」

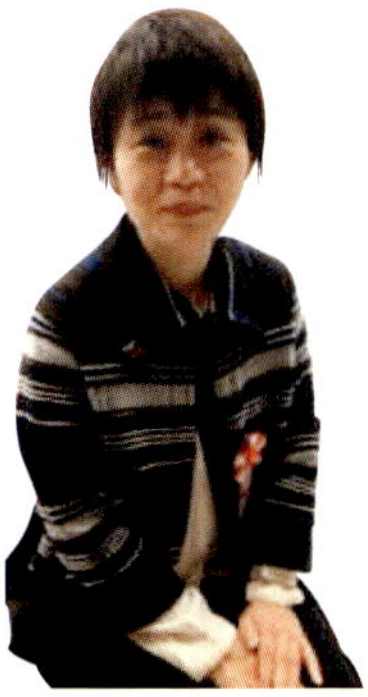

宮部みゆきさん

作家

'08年より直木賞選考委員に加わった宮部さん。「宮部さんは小説もうまいがスピーチもうまい」。文芸賞などのパーティで、楽しくおしゃべりする仲。

Ladies

中園ミホさん

脚本家

『下流の宴』や『anego』など林さん原作の数々のヒットドラマを手掛ける美人脚本家。林さんと男の好みが同じで魔性の女としても知られる。

for Men

華麗なる交友録②

一流の男性たちとの華麗なるネットワークは、美女の特権。かっこいい男たちとの交流で、マリコはますます磨かれていく。

野間省伸さん

講談社社長

イケメンの誉れ高い野間社長は、セレブばかりが集まるワインの会のお仲間。'11年のチャリティ銀座ママ企画では慰労会を開いてくれました。

北方謙三さん

作家

同じ直木賞選考委員の北方さん。サマーカシミアも、麻のシャツ＆デニムも、お着物姿もかっこよくキマる素晴らしいセンスにいつも脱帽。

太田英昭さん

フジテレビ副社長

番組審議会でいつも顔を合わせる太田さん。写真は'11年の高松宮殿下記念世界文化賞レセプション。一緒に鹿浜の有名焼き肉店にも行った。

三枝成彰さん

作曲家、音楽プロデューサー

親友でダイエット仲間の三枝さん。一緒に断食道場に行ったり、セレブなダイエット法からビミョーな情報（笑）まで、いつも最速で教えてくれる。

山本益博さん

料理評論家

山本さんがエンジン01戦略会議に加わってから、定例会の会場が急にグレードアップ。いつもとびきりおいしいお店や料理を教えてくれます。

秋元康さん

作詞家

いつもおいしいお土産を教えてくれる、長年の美食＆遊び＆仕事仲間。'11年に林さんがAKB48と共演した際は、本物の衣装を贈ってくれた。

小山薫堂さん

放送作家、脚本家

知的で穏やかな雰囲気が素敵なクンちゃん。"歩くレストランガイド"と呼ばれていて、いつもおいしくて新しい店に連れていってくれる。

江原啓之さん

スピリチュアリスト

'94年アンアン初対談以来の親しい仲。「娘が生まれることも事前に当てられ、江原さんがベストセラーになると言った本は必ず売れるんです」

船曳建夫さん（左）
文化人類学者

浅葉克己さん（右）
アートディレクター

新潟県長岡市の花火大会にボランティア集団エンジン01のメンバーが招待されたときの写真。左は“東大の役所広司”といわれる船曳教授。右の浅葉さんは、高知のイベントの際に龍馬に扮しておりょう姿の林さんとポスター撮影を行ったことが。その時の写真はブログで探してみて。

辰巳琢郎さん
俳優

セレブワインの会とエンジン01で一緒の辰巳さん。ワインに詳しくジェントルな辰巳さんに勧められるとダイエット中でもつい飲みすぎてしまう。

和田秀樹さん
精神科医

美食仲間で遊び仲間の和田さん。カリフォルニアワインの通でもあり、'08年に行ったナパバレー・ワインツアーではガイドを務めてくれた。

大沢在昌さん
作家

'08年名古屋で開かれたエンジン01の講座「文学という夢で食えるか」にゲスト出演。その討論の模様が『売れる小説の書き方。』という本に。

弘兼憲史さん
漫画家

夫人の柴門ふみさんともども長年の親しい間柄。写真は'11年、ご夫妻の素敵な新居の完成を祝うパーティにて。シャンパンで乾杯。

渡辺淳一さん
作家

文学賞のパーティでは、いつも人の輪の中心にいて華やかな渡辺淳一先生。林さんにはいつも大人の女性のしなやかな奥義をアドバイスしてくれる。

藤原和博さん
東京学芸大学客員教授

杉並区立和田中学校で初の民間校長を務めた藤原さんはボランティア仲間。震災で被災した地域の子供たちのさまざまな支援活動を一緒に行っている。

角川歴彦さん
角川グループホールディングス会長

大好きなフグの店、味満んでの'09新年会にて。「恒例の新年会で、会長がこういうものを書いたらというアドバイスから新連載が決まります」

Men

担当編集者だけが知っている マリコのウワサ話

2012.04.14
@山梨県 一宮町

毎年恒例、山梨“桃見の会”。林さんが“日頃お世話になっている編集者”を招待するこの一大イベントに潜入、知られざるマリコ・エピソードを逆取材。

後列左から、文藝春秋 文春文庫局局長 羽鳥好之さん、新潮社 企画編集部 田中比呂之さん、マガジンハウス 第二書籍編集部編集長 鉄尾周一、文藝春秋 文芸局第二文芸部 瀬尾泰信さん、幻冬舎 第三編集局局長 森下康樹さん、小学館「和樂」副編集長 高木史郎さん、角川書店 第六編集部部長 三宅信哉さん、角川書店 取締役編集局長 宍戸健司さん、マガジンハウス「アンアン」編集部 蜂須賀雄一郎、文藝春秋「オール讀物」編集部 角田国彦さん、中央公論新社「婦人公論」編集部 川口由貴さん、光文社「女性自身」副編集長 堀井朋子さん、クリエイティブディレクター＆ファッションエディター 堀木恵子さん、集英社 文芸編集部 村田登志江さん、角川書店 角川文庫副編集長 郡司珠子さん、新潮社 出版部部長 中瀬ゆかりさん、（２人挟んで）新潮社 文芸第二編集部 高橋亜由さん　中列左から、（1人おいて）角川書店 第一編集部部長 吉良浩一さん、光文社「美ST」編集長 山本由樹さん、新潮社 学芸出版部部長 江木裕計さん、集英社 女性誌企画編集部編集長 萱島治子さん、マガジンハウス「ハナコ」編集部 川端寿子、林さんのママ友の稲村さん、中央公論新社 文芸局第二編集部 渡辺千裕さん、文藝春秋 文春文庫部 山口由起子さん、ポプラ社 一般書編集部 増田祐希さん、文藝春秋「オール讀物」編集長 山田憲和さん、朝日新聞出版「週刊朝日」編集部 石塚知子さん、アナウンサー 中井美穂さん　前列左から、新潮社 文芸第二編集部 藤本あさみさん、(1人挟んで)角川書店「野性時代」編集部 深沢亜季子さん、講談社 企画制作部 吉岡久美子さん、講談社 文庫出版部 斎藤梓さん、幻冬舎 第三編集局 大島加奈子さん、林真理子さん、文藝春秋「週刊文春」編集部 清水陽介さん、朝日新聞出版 書籍編集部 山下美樹さん、講談社 現代新書出版部副部長 井本麻紀さん、ほか、石原桃園のみなさん

編集者が毎年心待ちにしている 林さん主催の“桃見の会”。

毎年桃の花の季節に、林さんの故郷の桃農園で開かれる“桃見の会”（別名、桃源郷ツアー）。出版各社のマリコ担当が一堂に会し、大いに飲み食いしながら親交を深め合う。林さんが自ら手配したバスに乗り込んだ一行は、すでに行きの道中から飲み始め、山梨に着く頃にはすっかり出来上がっている輩もちらほら。この日ばかりは、原稿の催促はNGのせいか、林さんは「ほうとうは食べた？　もつ煮もあるわよ」「この草餅はとても人気よ」と、一人一人に細やかな気遣い。持ち寄ったワインや日本酒も次々と空いていく宴たけなわの中、取材を敢行。

編集者が語る
林真理子さんとの
エピソード①

私は掛け値なしの林マリコファン。
まるで太陽のような人。

最初は勝手にファンとしてお慕いし、ここ数年やっと“作家と編集者”としてお仕事できるようになりました（笑）。気配り上手なマリコさんには、頭が下がりっぱなしです。**（新潮社　出版部部長　中瀬ゆかりさん）**

最近はテレビのコメンテーターもしてます
←胸が
お尻といわれてます

美しくなるための努力を怠らない、
その姿勢は女性として見習いたい。

以前、美女ツアーでアメリカにご一緒したときも、日本での取材の合間もこまめに手に美容液を塗られていて。林さんの肌はツルツル。美へのあくなき姿勢は見習いたい。**（集英社　女性誌企画編集部編集長　萱島治子さん）**

合コンやりましょ
合コン！

どんなに忙しくても対談相手の
資料はすべて目を通してくれる。

対談の連載では、事前にお相手の資料をお送りしますが、超多忙でも必ず全部目を通してくれるのは本当に頭が下がります。だから、相手の方もリラックスできて盛り上がる。**（朝日新聞出版「週刊朝日」編集部　石塚知子さん）**

林さんは、自立しようとする
女性のマイルストーン。

林さんは自立する女性のマイルストーン。林さんの前後では女性の生き方が変わっていると思います。「きれいになろう」と努力し続ける姿は、男の目から見て本当にかわいい。**（光文社「美ST」編集長　山本由樹さん）**

「忙しい」は言い訳にならない。
集中力の大切さを教わりました。

林さんは、どんなに忙しいときも、とにかくモーレツに遊んで、書く。それができるのは圧倒的な集中力で仕事と向き合っているから。見習いたいけど、常人には無理です！**（文藝春秋　文芸局第二文芸部　瀬尾泰信さん）**

Editors

編集者が語る林真理子さんとのエピソード ②

感性に忠実で、奔放なところも魅力。でも内面はとても真摯な方なんです。

連載はぎりぎりまで粘り、旬な情報を入れてくれます。ご飯をご一緒すると、いろいろな〝球〟が飛んできて大変ですが（笑）、おいしいものを召し上がる姿はチャーミング。**（文藝春秋「週刊文春」編集部　清水陽介さん）**

小説を書くイマジネーションは、ときに神がかっている。

『女文士』で林さんが資料からイメージして書いた宇野千代さんのセリフが、本当に本人が言った言葉だったとあとでわかったことが。天才ってそういうことができるんですね。**（新潮社　企画編集部　田中比呂之さん）**

フランス留学中に日本食を山のように送ってくれました。

休職して仏留学していたとき、林さんは日本食を山のように送ってくださって、まるで親戚のように助けてくれました。林さんのおかげで今の編集者人生があるようなものです。**（朝日新聞出版　書籍編集部　山下美樹さん）**

ナチュラルボーンなかわいらしさに魅了されてます。

すごいと思うのは、大作家でいらっしゃるのに周りの人をいつも楽しませてくれて、近寄り難さを作らないところ。本音を言うときの鋭さと天性のかわいらしさのバランスに憧れます。**（講談社　文庫出版部　斎藤梓さん）**

連載小説の最初の一文だけで鳥肌が立ったのは初めて。

連載はスタート時が一番不安なんですが、『六条御息所源氏がたり』は、第一回の書き出しの文章を読んで鳥肌が立った。それだけで、ああもう大丈夫だ、と確信できました。**（小学館「和樂」副編集長　高木史郎さん）**

見習いたいところが
いっぱいありすぎます。

私は入社半年目なので、先生の担当編集の先輩のアシスタントをしています。林さんに御礼状を送ると、いつも長いお返事をくださる。そのやさしさに涙が出そうなほど感動しました。**（ポプラ社　一般書編集部　増田祐希さん）**

姉であり、母であり、永遠の恋人。
僕にとってはかけがえのない存在。

僕の編集者人生を変えてくれた大恩人。林さんの連載を担当して小説の醍醐味を知り、もう一度ご一緒できる日を夢見て文芸編集者に転身。会社を移る際のお心遣いも僕の宝物です。**（幻冬舎　第三編集局局長　森下康樹さん）**

つねに新しい情報を持ち、話題豊富。
華やぎに満ち、元気になります。

好奇心旺盛で、会うと「最近どこに行った？」「なにが好きなの？」と、いろいろお話が尽きません。新しいことに挑戦する気持ちをずっと持ち続けているところを見習いたい。**（角川書店　書籍文庫副編集長　郡司珠子さん）**

超多忙なのに心配りが細やか。
いつもおしゃれなのも素敵です。

雑談しながらでもスラスラと筆を動かして原稿を書き上げ、しかもそれが抜群におもしろい。一緒にいると楽しくて、林さんのことがもっともっと知りたくなります。**（マガジンハウス「anan」編集部　蜂須賀雄一郎）**

ケタ違いのエネルギーに、
お会いするだけで体温上昇。

20年近く前に、結婚式でスピーチしていただいたときの着物姿の美しさ。いただく原稿は震えるような凄み。そして何といっても少女のような初々しい表情。ＫＯされっぱなしです。**（講談社　企画制作部　吉岡久美子さん）**

Editors

こちら側のささいなことも、
覚えて気にかけてくださる。

どんな人に対しても、細やかにお気遣いをされています。子どもの七五三のことまで覚えていてくださったり。洞察力と観察力、記憶力と想像力が素晴らしい方です。**（中央公論新社「婦人公論」編集部　川口由貴さん）**

Fashion Snap

おめかしSNAP春夏秋冬

日本一の買い物魔が、噂の"チョロランマ"から引っ張り出した"マリ・コレ"。

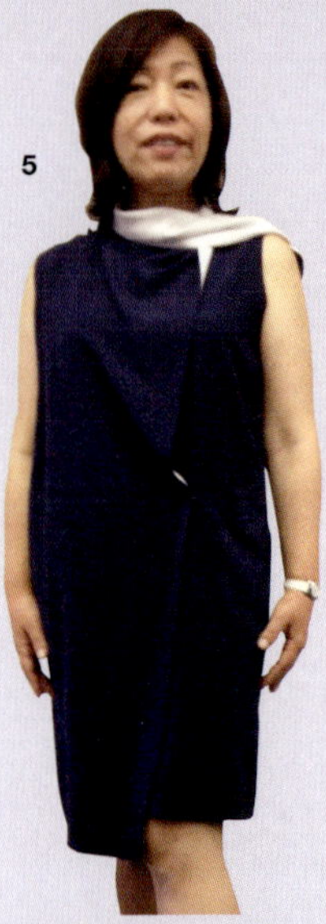

5

4

6

7

夏

4.取材旅行で京都へ。白いクロコのバッグはオーダーメイド。5.痩せたので2年ぶりにセリーヌでお買い物。首のボウのデザインがお気に入り。6.湯布院の高級旅館へは、プラダのジャケットで。7.これもセリーヌのワンピース。'12年春夏の新作。

2

1

3

春

1.行きつけのジル・サンダーで春物ジャケット購入。ファッションには元気を回復させる力がある。2.プラダへ春物のお買い物に。全身プラダ！3.パープルのサマーニットと大きめプリーツの白のスカートは、ジル・サンダー。サンダルはプラダ。

Column

19

18

17

着物姿を褒められて、おべべ狂いが復活!

それは2009年7月のこと。京都の祇園祭見学の際に、招待してくれた麻生圭子さんと親しい帯屋さんの工房に出かけ、思わず帯を3本注文。そのまま隣の有名作家の工房にも立ち寄り、菊の刺繍の訪問着も購入した林さん。その着物姿が各所で好評だったため、鳴りを潜めていた"おべべの情熱"が復活（『美女の七光り』「おべべ狂い復活！」参照）

さらに2010年夏には「夏は着物！宣言」をして、着物で出かける機会が一気に増えた。そんな林さんの最新着物ファッションを一挙紹介！

14

13

15

16

冬

13.JKはジル・サンダー、コートはバーバリー。14.プラダのニット＆スカートで対談。15.冬らしく髪をふんわりカット。ブロウは地元の美容室で。16.女性編集者に好評だったスタイリング。洋服が白と黒なので、ペイントしたバーキンをアクセントに。

10

9

8

11

12

秋

8.テレビ出演。JKはジル・サンダー。9.ジル・サンダーの服で女性誌のグラビア撮影。10.ジル・サンダーの革のハーフコートにユニクロ「+J」のデニム。11.板谷裕實さんのヘアカット。トップをふくらませ若々しく。12.カラーリングで髪を秋らしい栗色に。

23

17.銀座のクラブでチャリティの一日ママ企画。何百ものオーキッドを手描きした加賀友禅。18.京都の刺繍作家「長艸」（ながくさ）さんの“野菊”の着物。19.フジテレビ番組審議会の新年会。これは実は20年前の着物。20.市川海老蔵さん＆麻央さんの披露宴。有名な着物スタイリストさんが京都で探してくれた、茶屋辻という珍しい柄。21.これも銀座一日ママの装い。毎回、違う着物で出かけました。22.某女性誌の新年号の撮影にて。23.戸田菜穂さんの披露宴のときの装い。

22

21

20

Fashion Item

大好き小物カタログ

小物にこそ一番気を使うのが、センスがいい女の証明。
バッグ、靴…おしゃれセレブ（?）のワードローブ拝見。

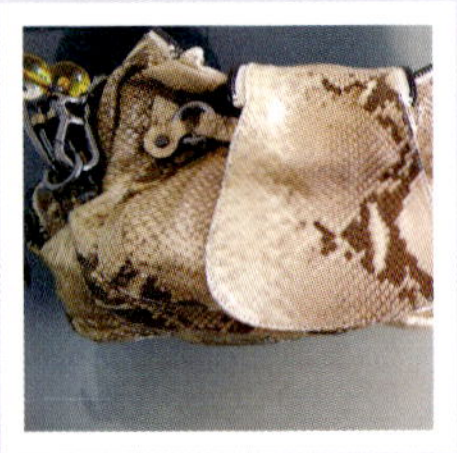

01｜誕生日にもらった パイソンのバッグ

マチがたっぷりしたショルダータイプ。たっぷり入るとついつい荷物を入れすぎるのが悪い癖。

02｜アナ・ウィンターの トートバッグ

2009年香港買い物ツアーにて。アナ女史の顔プリントが大迫力。日本未入荷で羨ましがられた。

03｜プラダの フラットシューズ

インド製という、編んだフォークロア調のシューズ。かわいい上にすごく履きやすい。

04｜プラダのクロコの がま口バッグ

6年前ぐらいに購入。ピンクでクロコというのが珍しい。“大人かわいい”テイストが好き。

05｜アーガイル柄の スカルのマフラー

ルシアン・ペラフィネ。カシミア製で、香港でホリキさんに「絶対に買い」と勧められて。

06｜ロエベのアマソナ 色はシルバー

写真だとわかりにくいけれど、色はきれいなシルバー。服との組み合わせを考えるのが楽しい。

07｜ジル・サンダー 春のジャケット

きれいなブルー。パーソナルカラー診断では、私はこういう“夏の色”が似合うらしい。

08｜プラダの ウェッジソール

2011年の夏物。デカ足でなかなかサイズがないので、見つけたときは、よく大人買いする。

09｜NINE WEST の シューズ

あるスタイリストさんが見つけてくれたプラットフォームサンダル。2足買っちゃいました。

10｜ペーパーパールの ネックレス

マガジンハウスからの誕生日プレゼント。紙だから重くなくて肩が凝りません。軽快さも○。

11｜ボッテガ・ヴェネタ バングル

軽井沢のアウトレットで購入。酔っぱらって買ったので、あまり覚えてません。が、高かった。

12｜エルメスの サクソー

2009年の誕生日にいただいたもの。1年経ってから思い出しておろしたら、大好評でした。

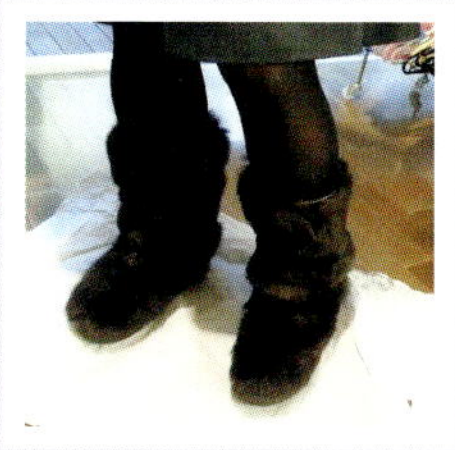

16｜プラダの毛皮のブーツ

2010年冬物。誰も何もくれないので、自分でクリスマスプレゼント。

15｜ジル・サンダーミンクのストール

前で合わせるとストール、後ろから見るとベスト風。ハタケヤマに“マタギ”と言われた…。

14｜ゴヤールのスーツケース

10年前にパリで買ったもの。一緒にいろいろなところを旅してきた。もちろんドバイにも。

13｜アンテプリマのスカルポーチ

かわいくて一目惚れ。2010年の仲良し3人香港買い物ツアーのときに買ったもの。

20｜プラダのサングラス

「ドバイでお使いください」とアンアン編集部から誕生日祝いにいただきました。

19｜プラダのサテンシューズ

2010年春物。ピンクのサテンとグレーのリボンがなんてかわいらしい！

18｜MoMA のノートトートバッグ

表参道のMoMAストアで購入。大学ノートそっくり。上質な素材でしっかりしたつくり。

17｜誕生日にもらったネックレス

文藝春秋のみなさんから。ブログでお馴染み文春王子が行きつけの店で選んでくれました。

24｜セリーヌのトートバッグ

2010年の誕生日にもらったもの。ちょうどセリーヌが大人気で、すごくうれしかった。

23｜エルメスのペイントバーキン

10年ぐらい前に購入。バーキンにペインティングしたもの。すごく高かったけど大満足。

22｜セリーヌのジャケット

痩せたらこういったサファリテイストのお洋服も着こなせるようになった。（たぶん）

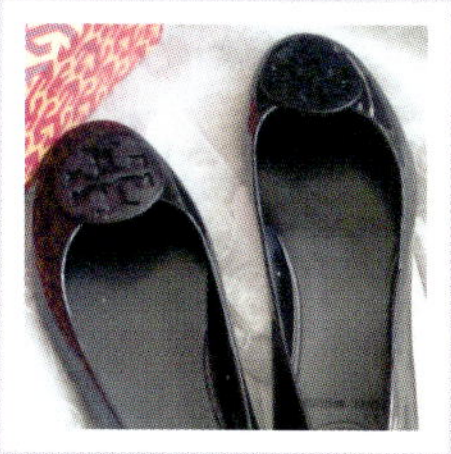

21｜トリーバーチのレインシューズ

いつもオシャレの最新情報をくれるホリキさんが、香港で見つけて買ってきてくれました。

MARIKO'S WORDS 02 マリコの教え

おしゃれになるというのは「我慢出来ないもの」「こうでなきゃ絶対にイヤ」というものが増えるということだ。

『美女入門』「私の名声」より

ごくたまにいただく、「ハヤシさん、この頃キレイになったね」「いつもおしゃれしてる」という言葉を宝石のように大切に集め、自分自身の妄想で多少膨らませて、何かの時に「私の名声が台無しになる。これではいけないワ」とつぶやく。たぶん美人とかファッショナブルといわれる女の人は、常にこういう意識を保っていられるのであろう。

「ダイエットを一週間怠けると自分にわかる。二週間怠けると写真にわかる。三週間怠けると誰にでもわかる」

『美女入門』
「写真は知っている」より

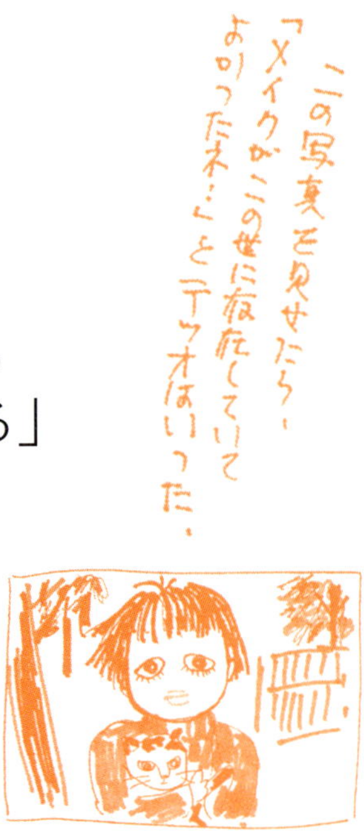

日本が生んだ名バレリーナ森下洋子さんは、次のような素晴らしい言葉を残している（確か時計の広告に書いてあった）。「練習を一日怠けると自分にわかります。二日怠けるとパートナーにわかります。三日怠けると観客にわかります」。私のダイエットの怠けは、はっきりと写真に表れていた。

美人というのはディティールに凝る人だ。

『美女入門PART3』
「真夏の悲劇」より

私は夏が近づくと、いつもアリとキリギリスの話を思い出すのである。冬の間、タイツやソックスをはくのをいいことに、足の手入れを怠けていた私はさしずめキリギリス。そしてアリのように、真冬もせっせと足の手入れをしていた女の人が、夏は勝つのですね。

私は美女のお友だちしかつくらない。

『美か、さもなくば死を』
「これが女の正しい道」より

美しい人たちの輪に入れてもらい（無理やり割り込み）、切磋琢磨しながらさらに美しさを手に入れる。これが女の正しい道でありましょう。君島十和子さんと親しくなってからは、得することばっかり。新しい美容法にお化粧法、なによりも、「いつもきちんと綺麗にしていること」という心を教えられる。

家族として自分が選んだ男は、自分自身である

『美女入門 PART2』「選んだ男は、自分の鏡」より

結婚という選択は重い。恋人としてちょっとつき合う、などというのとはレベルが違う。女がそれまで生きてきた年月、知恵やありったけの美意識、その人の今までの金銭観や人生観が問われる作業である。夫の悪口を言いまくることは、そんな男を選んだ自分がいかに馬鹿か、天下に公表しているようなものだ。

人間、褒めてくれる人がいなけりゃいじけてしまう。
だけども叩く人がいなければ、
ファイトもわいてこないし勝ち気にもなれない。
このバランスって、とっても大切だったんだね。

『美女入門 PART3』「勝ち気なH」より

（直木賞受賞から15年経ち、選考委員に選ばれて）最初から負けず嫌いで勝ち気な女なんていない。特に私みたいに人よりすぐれてるものなんか何もないまま、ぼんやりと生きてきた人間なんか特にそう。私は思う。もしデビューして、誉められたりチヤホヤされっぱなしだったら、私は絶対にこんな風にはなっていないだろうって。

美女メイク入門

Make-up

ヘア＆メイクアップアーティスト面下伸一さんとメイク修業

大人かわいいナチュラルメイク

**新しい色に挑戦したくても、どう使ったらいいかわからない。
そしてついついワンパターンになりがちなふだんのメイク。探究心旺盛な林さんが、
世の女性を代表し、今、トレンドの大人かわいいナチュラルメイクを学びました。**

photo : Emiko Tennichi　Make-up : Shinichi Omoshita
Stylist : Masae Hirasawa
Special Thanks : MAGSHONI NEW YORK

Q1

美しくはなりたいのだけど、メイクは濃くしたくないの。

上・ニュアンシング ルース パウダー（ナチュラル）¥6,300（スック☎0120-988-761）
下・スーパーカヴァー ファンデーションポッツ¥3,360（ワトゥサ・インターナショナル☎03-5485-1665）

日焼け止め効果のある下地を塗った後、コンシーラーで隠したい部分をカバー。カバーした部分には重ねず、ファンデーションを丁寧にのばし、パウダーで仕上げる。

コスメデコルテAQ ニュアンスグロウWT001¥7,350（コスメデコルテ☎03-3273-1676）

上・SK-Ⅱ フェイシャル トリートメント クリームファンデーション¥12,600＊編集部調べ　下・SK-Ⅱ WSダーム・デフィニションUVローション¥9,450＊編集部調べ（マックスファクター☎0120-021-325）

ベースの段階できれいな骨格を作るテクニックを覚えましょう。

面下さん「大人のナチュラルメイクってことですね」

林さん「この年齢でもナチュラルメイクは可能なの？ 隠したいところはいっぱいあるんですよ」

面下さん「それなら**ベースの段階できれいな骨格を作るテクニックを覚えましょう。**コンシーラーやハイライターを上手に使いこなせば大丈夫」

林さん「コンシーラーってうまく使えないんです」

面下さん「コンシーラーは指の腹で叩きこむのがコツ。しっかりのばすことで肌に不自然にならず、カバーできます。その上からファンデーションを顔全体にのばすので、完璧にカバーしてなくても大丈夫」

林さん「ハイライトはファンデーションの後でいいんですか？」

面下さん「メイクの最後に顔全体のバランスを見て入れるのでいいでしょう。どんな顔立ちの人にも入れてほしいのは、ほお骨の上とあごの先。あとはバランスを見ながら、高く見せたい位置に入れてください」

林さん「ベースだけでも変わりますね」

Q3

眉の描き方って いつも悩むんですが……。

面下さん「一番むずかしいパーツですよね。でもきれいに整えてますね」
林さん「ペンシルで描いてます」
面下さん「ブラウンのパウダーを試してみてください。林さんは髪を明るくしているし、ブラウンは顔が柔らかく見えますよ。**眉山の位置は黒目の外側の延長線を目安に。眉が強すぎると表情にケンが出てしまう。太くて柔らかい印象に仕上げるのが今年風です**」

オーブクチュール デザイニングアイブロウコンパクトBR811￥3,360（花王ソフィーナ☎03-5630-5040）

ニュアンスカラーズ（使用色は一番右のシナモン）
1色は各￥3,150　コンパクトは別売り（ワトゥサ）

顔の外側から内側へと、影となるブラウン系のシェーディングカラーをぼかす。髪の生え際からひと刷毛で十分。

Q2

メイクで小顔になれるんですか？

シェーディングを入れると、視覚効果で小顔に見せることは可能です。

林さん「シェーディングってお粉でしょう？　やっぱりパールが入ってるものの方がツヤが出ていいのかしら？」
面下さん「このとき選ぶカラーはマットな質感がお勧めです。林さんぐらいの年齢の方は、パールが入ってるものより、マットな方が上品に仕上がります。大きめのブラシでシェーディングカラーをフェイスラインの外側、髪の生え際から内側へぼかしましょう」

Q4

コフレドール ワイドグラデーションアイズ02￥2,940※編集部調べ（カネボウ化粧品☎0120-518-520）

アイカラーの色選びってむずかしい。

面下さん「**そのシーズンの新色を選ぶのもひとつの手。**新しいカラーは新しい顔が作れます」
林さん「なるほどね。私ぐらいの年でもキラッとしたパール入りを選んでもいいのかしら？」
面下さん「あまり粒が大きくないものなら。ピカピカしちゃうと目元が下品に見えることがあるんですよ」
林さん「私、カーキとかも好きなんですが、むずかしい色？」
面下さん「カーキは顔がくすんで見えるからあまりお勧めしません。林さんの肌色にベストカラーはブラウン系」
林さん「まぶたのどの辺まで色を入れたらいいのかしら？」
面下さん「一番濃いキーカラー（上から３番目の色）、目を開けたとき、少し色が見えるぐらいまで入れると、ちょうどいいと思いますよ。まぶたを反対の指で少し引き上げてぼかすと、きれいなグラデーションが作れます」

まぶたを上に引き上げ、筆を左右に動かしながら、二重の少し上に色が見えるよう、カラーをぼかし入れる。

ケイトスーパーシャープライナーS BR-1￥1,050（カネボウ化粧品） ウォータープルーフマスカラ01￥3,675（ポール＆ジョー☎0120-766-996）

Q5

ねえ、ドラッグストアのコスメって、最近はどうなのかしら？

面下さん「アイライン入れていますか？」

林さん「黒のペンシルで。着物のときは、リキッドアイライナーも使います」

面下さん「茶色のリキッドでのアイラインを試してみませんか？ 目元が柔らかくなりますよ」

林さん「ドラッグストアのコスメって最近どうなの？」

面下さん「アイラインなどにはドラッグストアで売っているKATEなんかお勧めですよ。にじまないから、涙目の人が多い日本人の目元にはぴったりの処方です。これならまつ毛の間を埋めるように描いても、夜までしっかり美しいままです」

林さん「わー、早速買いに行こう。近所のマツキヨに売っているかしら？」

黒目の真下×ほお骨の上を起点に、目尻の方へ、真横に、耳たぶの方への3方向にカラーを入れ、なじませる。

Q6

チークも入れる場所がむずかしいですよね。

面下さん「頬の面積が広い方は、チークは幅を広めに入れた方が小顔に見えます」

林さん「え、ピンクを選ぶの？ ふだん選んでいるのはオレンジ系なんですけど」

面下さん「オレンジにピンクが少し混ざると女らしさが増しますよ。幅広といっても、チークがほうれい線や目の下にかからないように気をつけてください。粉がのると、シワやクマが目立ってしまいますから」

ルナソル カラーリングチークス（グロウ）02￥5,250 8/17発売（カネボウ化粧品）

Q7

口元が上品に見えるリップメイクを教えてください。

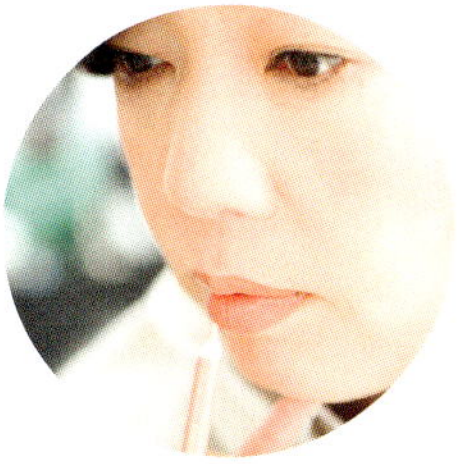

唇の山の間の溝をなだらかに描くと、やさしげな口元に仕上がる。リップペンシルは唇や肌に近い色を選んで。

リップライナーで唇の山をなだらかに描くと、やさしい上品な口元に仕上がります。

林さん「えー、私リップラインって、くっきり描いた方が若く見えると思っていた。グロスは塗らなくていいの？」

面下さん「マットな口紅でない限り、最近の口紅にはツヤが十分にあります。林さんは唇がふっくらしているから、必要以上のツヤはなくても大丈夫」

右・クリーミー リップ カラー02￥3,675（ボビイ ブラウン☎03-5251-3485） 左・MF リップペンシル〈BE-1〉￥1,575（マックスファクター）

大人かわいいナチュラルメイク

5つの極意

大人かわいいメイクの秘訣は、手をかけた薄づきメイク。過剰なパールや色は使わず、各パーツのフレームをやさしい色みでしっかり見せるのがコツ。

the essense:1

コンシーラーとハイライターを使いこなす

肌の欠点をカバーしたいからとファンデーションを重ねすぎては、老けた印象の肌になりがち。メイクを濃くせず、肌を美しく仕上げるには、ベースの段階が勝負。コンシーラーはファンデーションの前にカバーしたい部分に少量を指の腹で叩き込み、しっかりのばす（このときシミなどが完璧に隠れなくていい）。その後ファンデーションを薄くのばしてから、ハイライトとシェーディングで顔の骨格を際立たせます。

the essense:2

顔全体をやさしい印象に仕上げるには色選びの工夫が必要

たとえば眉の場合、通常アイブロウカラーは髪の色に合わせるのがルールですが、髪が黒系の人でもワントーン茶系の眉の方が、顔の印象は柔らかく、やさしげになります。またチークもオレンジやベージュだけにこだわらず、多少ピンク系が混ざった色を使った方が、表情が明るく、おだやかな印象に見えます。顔立ちがきつく見られがち、ほおがこけてきたという方には、とくにお薦めです。

the essense:3

プレメイクのスキンケアで肌に自然なツヤ感を

肌を若々しく、そして美しく見せるコツは、適度なツヤ感です。メイクの前の肌にはたっぷりと化粧水をパッティングして浸透させ、乳液で柔らかくさせておくことがコツ（製品によっては使う順番が逆）。肌を乳液でストレッチさせるようにすれば、化粧崩れも防げます。朝、忙しいときは、スキンケアの後、ティッシュで軽く肌表面の油分を抑えれば、肌はしっとり潤ったまま、メイクのしやすい状態になります。

the essense:4

過剰なパールは、メイクにマイナス要素をもたらす

キラキラしたパールに女性は惹かれがち。でもこのパールが意外にくせ者です。キメが整った20代の肌にはパールが美しくなじんで輝きますが、キメが乱れてくると、パールが浮いて悪目立ちします。これは目尻のシワでも同様。かえってシワを目立たせる原因に。

the essense:5

大人かわいい顔を演出するアイラインをマスター

年齢とともに目元の印象はぼけてきますので、大人かわいい顔に仕上げたいのなら、アイラインを見えないように入れるのがコツ。上まぶたはまつ毛の間を埋めるように描く。このときラインは気持ちまっすぐ。目尻の跳ね上げは老けて見えることがあるので要注意。

コスメデコルテAQ　左・バイタライジングローション200ml￥15,750　右・バイタライジング エマルジョン200ml￥15,750　どちらもエクストラリッチ（コスメデコルテ）

自分のメイクに迷ったら、プロのアドバイスを！

FACCIA
Make up for personal

雑誌や広告で活躍中のメイクアップアーティストから、メイクの個人レッスンが受けられると話題になったサロンFACCIA。もちろんレッスンでなく、プロにメイクをしてもらうという利用も可能。マンネリメイク脱出を狙うならぜひ。

●東京都渋谷区西原3-23-5 ラウンドTK 2F　☎03-6407-4850　営10:00〜20:00　不定休　メイクアップ（約1時間）￥10,500　アドバイスメイクアップ（約1.5時間）￥15,750　フェイスマッサージ（約15分）￥2,100　アイテムリスト作成￥2,100　●予約方法　http://faccia-123.comの予約フォーマットに記入するか、お電話にてお問い合わせを。

面下伸一　1991年「SASHU」にてサロン勤務の後、渡邊サブロオ氏に師事。1998年独立。CFや雑誌などで活躍。黒木メイサや加藤あいなど女優からの指名も多い。2011年FACCIAオープン。

How to Make-up

自然なツヤ感のある肌、くっきり印象的な目元、血色のいい頬、ふっくらぷるんとした唇。こんなにも大人かわいい顔に仕上がった林さん。そのプロセスは？

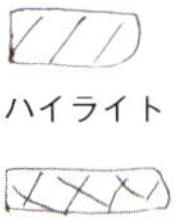

ハイライトは顔の高く見せたい部分に（イラスト）。肌にツヤ感を与えるものを選ぶと効果的。

大きなブラシに取り、髪の生え際から内側へ（イラスト）。すると輪郭が締まる自然なシェーディングに。

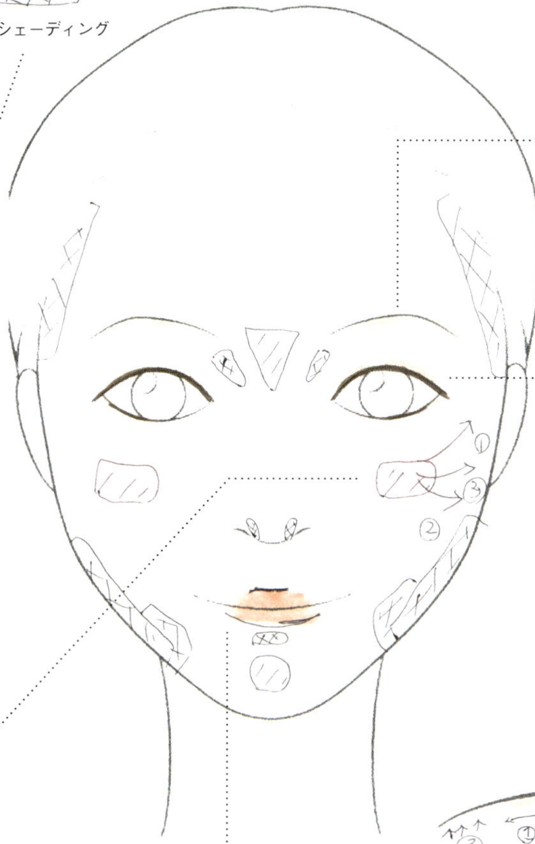

1. 眉

右の色を筆に取り、眉山の位置を決め（P058のQ3参照）、眉頭から毛を上に持ち上げるように色をのせていく。眉の長さは目の幅に。ブラシ部分で眉毛の流れを整えて仕上げる。

2. アイカラー

①をブラシでまぶた全体と、目の下にうっすら入れる。目尻よりに②を、目頭よりに③を入れ、まぶたが膨らんだ部分に再度①を重ね、淡いピンクで立体感を出す。

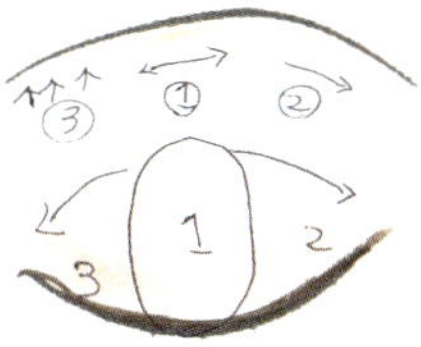

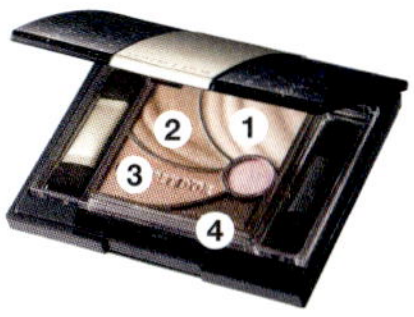

5. チーク

3色を大きめのブラシに取り、イラストを参考に、黒目の下からほお骨をなぞるようにひと刷毛(①)。その後、②、③と入れて自然なグラデーションに。一番右の色を筆に取り、周囲の肌となじませて。

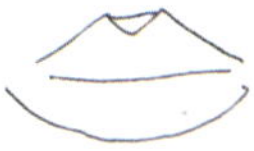

6. リップカラー

唇になじみやすい、ベージュのリップペンシルで唇の山の溝を埋め(上のイラスト参照)、輪郭どおりに描く。顔がくすんで見えるのでむずかしいといわれるベージュも、このようにピンクが入ったクリーミーでツヤ感のあるものを選ぶと失敗しない。

3. アイライン

右下の図を参考に。下まぶたのラインを目尻で上のラインとつなげない方が、目がぱっちり見える。

4. マスカラ

スティックをまつ毛の根元にしばらく当ててから、毛先へスライド。そうすれば液をバランスよく塗布。

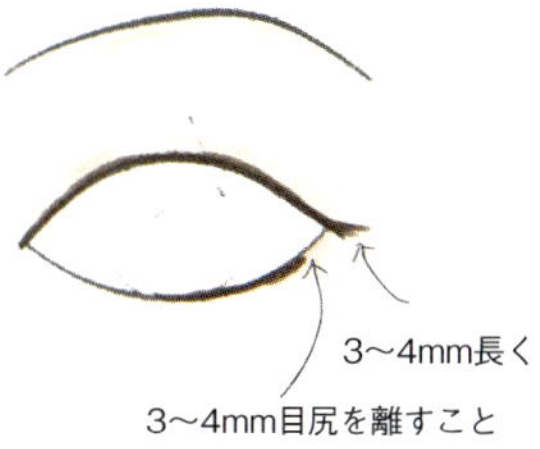

Diet

ネバーエンディング“ダイエット”ストーリー

「超ベストセラーダイエット本を書く自信があるわ！」と豪語するほど、お金も時間もつぎこんで、その道に精通する林さん。痩せるべきか食べるべきか、永遠のダイエッターがトライしたダイエットの数々を、効きめ番付とともにご紹介。

1 トキノ式ダイエット ★★

「昔からダイエットを先取りすることにかけては他人に絶対負けない私。今から三十年ほど前、センセイのお店に通い始めた。当時センセイは『やせたい人は食べなさい』というベストセラーをお出しになったものの、今のようにメジャーな存在ではなかった。六本木に小さなレストランを持ち、そこに何人かのファンといおうか信奉者が通うという感じであった」—『美女入門PART2』「ビジュアル系はつらいよ」より

「若かったこともあり、ここ30年来で最も痩せました。六本木にあったトキノ式のレストランで毎晩ご飯を食べていたので、お金もかかりましたが……。私があちこちで宣伝したので鈴木先生が喜んで、ハンサムな若い甥御さんを紹介してくれたことも。もしかしたら私が後継者になっていたかも……」(林さん)

2 国立病院ダイエット ★

「そんなある日、一枚のファックスが届けられた。国立病院でつくられた肥満患者のための㊙特別メニューなんだそうだ。体の中で化学反応を起こさせるために、ゆで玉子とステーキを食べる、という画期的なものである」—『美女入門PART2』「ダイエット・フレンド」より

「メニューに飽きて3日間でやめました……」(林さん)

6 パーソナルトレーニング ★★

「私はトレーニングを開始した。長年運動などろくすっぽしなかった私は、体力もないし、運動能力はほとんどゼロ。あとで計画書をくれた。最初の三週間は、体重を落とすことではなく、体力をつけることをするということだ。おーし、もう充分に太った。あとは上手に削っていくだけである。このぶよぶよしたおなかが、どういう風にすっきりするのかが楽しみだ」—『美女は何でも知っている』「いよいよ作戦開始」より

「トレーナーの方に家に来てもらうので、とにかくお金がかかりました。毎週来る人が替わり、突然トレーニングにヨガが入ったりしてと、なんか目まぐるしくてついていけず、続きませんでした」

7 断食道場 ★★★

「ついに断食道場に行ってきた。しかし最近、断食がこんなに流行とは知らなんだ。雑誌を読んでいたら、かの美のカリスマ、藤原美智子さんも、私と同じ施設に六泊されたようである。〜中略〜それにしても、ニンジンジュースだけの三日間は本当につらかった。後半になると補食といって、玄米のご飯に干物や野菜のおかずが出る。ものすごくおいしい。けれどもここにくるまでなんとつらかったことか」—『美女は何でも知っている』「美の換算法」より

「私が行ったのはヒポクラティック・サナトリウム。石原先生の断食道場です。ここは年に何回か行きたいところ。私は食欲を抑えるために『24』のDVDを持ち込み、ひたすら3日間見続けました。毎回何キロかは落ちますよ。草津の湯に入り放題の断食道場も気になるところです」(林さん)

ホテル クアビオ

日本三大名湯“草津の湯”に浸かりながら、2泊3日のファスティングコースを。暖炉があるラウンジ、ヨガやストレッチが行えるリラクゼーションルームも完備。群馬県吾妻郡草津町草津226-63 ☎0120-89-0932 ファスティング3Days 2泊3日 ¥35,000〜 http://kurbio.com/

ヒポクラティックサナトリウム

林さんが何度か訪れた断食道場。保養メニューとしては、ニンジンジュースだけで行う断食や、玄米、自然食ダイエットなどがある。静岡県伊東市富戸1317-4911 ☎0557-44-0161 シングルルーム¥15,645〜（1泊2食またはニンジンジュース3回含む） 入湯税1日¥150

3 ★★★ 和田式ダイエット

「週に一度先生に家に来ていただき、指導をしてもらうことになったのだ。体操も教えてもらう。最初は私の体の固さにびっくりして、『本当にそこまでしか曲がらないの？』と聞かれたが、あちらも慣れたみたいだ。私の一生懸命さが伝わったのであろうか」—『美女入門PART2』「マイ・トップ・シークレット」より

「最終的に15〜16kg痩せました。でも一日２食だから、冬場はとくにひもじくてひもじくて……。でも意志の強い方には健康的な、バランスのいいダイエットだと思いますよ」（林さん）

林さんの師匠、和田要子先生の著書『フィギュアリング・ダイエット』（マガジンハウス）残念ながら品切れ中。

4 ★★★ ふくらはぎストレッチ

「ダイエットの先生に尋ねる。『痩せれば足も小さくなるでしょうか』『もちろんなります』先生はきっぱりと言った。そんなわけで私は毎日、階段を使ってふくらはぎを痩せさせる体操をしている。ふくらはぎが痩せれば足の甲も縮むってホントかな。体重が減れば足が小さくなるのはわかるような気がするけど……。でも頑張る。そして世の中すべての靴を私のものにするのだ」—『美女入門PART3』「どうぞ、お試しください」より

「これは今も続けています。ふくらはぎが締まるし、足首が細くなって美脚になれます。これとクロワッサンに出ていた“腰割り”を毎晩寝る前に続けています」（林さん）

5 ★ フェイストレーニング

「『アンアン』の担当者が、フェイストレーニングの本を持ってきてくれたのである。これによると、毎日十五分ほどのトレーニングで、見違えるように変わるそうだ。唇を前に突き出し、顔をくしゃっとさせる。そして右側の唇を思い切り上に上げ、右側でウインクする。それが終わったら、今度は左側。“への字”の唇を直すには『イー』をして、少しずつ開いていくとか、とにかくやることがいっぱい」—『美女に幸あり』「努力のたまもの」より

「フェイストレーニングって、想像以上に疲れます。続かなかった……」（林さん）

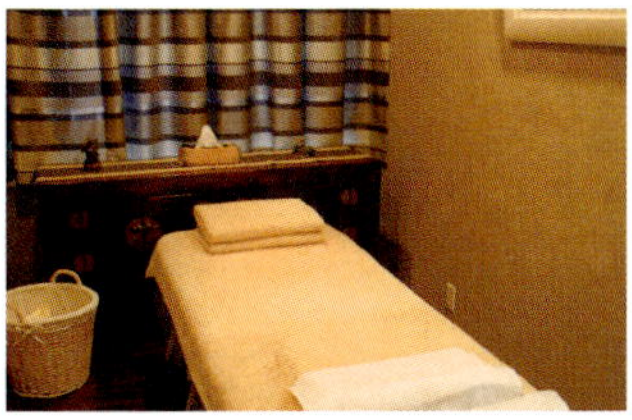

中国式鍼治療専門店ハリー

個人差はあるもの、１か月以上の通院で９割以上の人が減量に成功する。東京都港区北青山2-7-17 青山安念ビル5F ☎03-3404-8899 営11:00〜21:00（土・祝日10:00〜16:00） ※最終受付は１時間前 日曜休 料金1回￥7,500 回数券￥63,000（10回） http://www.hurri.co.jp/

8 ★★ 中国鍼

「話題の中国ハリに挑戦中の私。先週は食べに食べ、〇・八キロ太ってしまった。今週は外食もなく、〆切りも比較的少ない。痩せるなら今しかないと、かなり頑張った。水と野菜だけというのは無理なので、チーズ、玉子、肉、魚といったものも少量とる。そうしたら魔法のように体重が減り、なんと一週間で四キロ減という成果をあげた。こうなってくると、ダイエットのリズムにのって本当に楽しい。朝起きてヘルスメーターにのると、確実に〇・五キロずつ減っていくのだ」—『美か、さもなくば死を』「甦るアクセ」より

「私の周りでも通っている人がけっこう多く、ブームになっていました。先生に葉っぱしか食べちゃダメと言われるのが辛くて、私はすぐにやめてしまいました。ごめんなさい……」（林さん）

← Next Page

10 セレブトレーニング

★★

「最近では週に二回のトレーニングが、私のメインになっている。ストレッチ体操と有酸素運動を二時間みっちりとする。トレーナーが二人ついて、とってもハードなメニュー。そもそもこれをやり始めたきっかけは、久しぶりに会った男友だちがすごくカッコよくなっていたからだ」—『美は惜しみなく奪う』「極楽の出前」より

「香取慎吾くんが痩せた『Diet Shingo』のトレーナーの方たちにお願いしてトレーニングしたら、体重は減らなかったけど、体のラインが引き締まりました」(林さん)

9 カロリー消費できる下着!?

★★

「映画の後、デパートの下着売り場に行った。私はかねがね、商品券で自分の下着を買うのは、ちょっとビンボーたらしい気がしてる。なんか所帯じみてる。しかし今、そんなことを言ってられない。商品券を使い、ワコールの『歩くだけでお腹がひっ込む』というガードルを買った。ついでに『ヒップアップ出来る』ガードルも買った。こういうまとめ買いのクセは抜けないらしい」—『美は惜しみなく奪う』「痩せるお言葉」より

「これも買っただけで、しばらく満足していました。歩幅が広がって歩くスピードがアップするそうなので、マリーの散歩に愛用しています」(林さん)

ワコール独自のクロス構造によって、自然と歩幅が広くなり、歩くスピードがアップするので、カロリー消費に適したウォーキングができるというガードル。ヒップアップ機能があるのもうれしい。ワコール クロスウォーカー　右・セミロング¥5,460　左・フルロング¥6,195

14 アリモリ・メソッド

★

「四年前に買った一キロのダンベル。これを使って毎晩、腕のエクササイズを始めた。きちんとやると、私のことだからすぐにイヤになってしまうに違いない。よって夜、テレビを見ながらすることにした。習慣づければ何とかなるはずだ。そしてもうひとつ習慣づけたのが、朝のウォーキング。隣のマンションの奥さんを誘い、二人で公園のまわりを三周する。〜中略〜そうめざすはホノルルマラソン。私には憧れの人がいる。ついこのあいだエンジン01に入ってくださった有森裕子さんのカッコいいこと」—『地獄の沙汰も美女次第』「アリモリ・メソッド」より

「もう少し痩せたら、有森さんについてランがしたい。有森さん、本当に素敵です。ダンベルはちゃんと続いています。これからも習慣にしたいですね」(林さん)

15 朝バナナダイエット

★

「そして朝になり、ヘルスメーターにのったらやっぱり増えていた。が、私は気を取り直し、いつものようにバナナとお水だけの朝食をとる。『朝バナで恋バナ』というキャッチフレーズをつくり、こつこつ頑張っているのに、ちっとも痩せないじゃないか。バナナを食べるのにも飽きてきたし、誰か早くなんとかしてくれー」—『地獄の沙汰も美女次第』「恋っていいなァ」より

「やったけど、全然だめだったーー」(林さん)

16 プリズン・ダイエット

★

「そんなうちひしがれた私の目に、ある女性誌の見出しが。『刑務所ダイエットで痩せる』だって。これだと思いましたね。そお、ホリエモンが出所してきた日のこと。電車に乗っていたら、女子高生がしきりにそのことについて喋っていた。〜中略〜さっそく試す私。刑務所ご飯をつくるべく、スーパーに行って、タクアンとふりかけ、麦と雑穀を買ってきた。それから朝の残りのお味噌汁をうすーくして、一杯盛る。その日の昼食は、麦と雑穀が入ったご飯に納豆、ふりかけ、お味噌汁、それから昨夜の煮物の残りという、とてもチープなもの。そして夜も冷凍しておいた麦ご飯にお汁とおかずをちょぴっと。そしたら、あーた、次の日の“出”がすごいではないか。私が病的な便秘だということは既にお話ししたと思うが、このご飯にしたとたん、もうスルッという感じで出る」—『地獄の沙汰も美女次第』「プリズン・ダイエット」より

「麦飯がおいしくなくてだめだったわ。それにHさんも塀の外では、すぐにリバウンドしていましたね」(林さん)

MARIKO'S
BEAUTY

12 駅ナカジム

★

「『ああ、この肉を脱ぎたい！ パンツみたいにズルッと脱ぎたい』と私が言ったら、私も、と叫んだ人がいる。隣のマンションに住む、仲よしの奥さんであある。彼女は私よりも若くてキレイだが、大柄でしっかりと肉がついているタイプ。彼女も下腹部のお肉をとりたくて仕方ないんだそうだ。私の場合、三、四年痩せた時期があったので、このお腹のお肉のぷるぷるが我慢出来ない。そんなわけで、私はその奥さんとジムに通うことにした『ひとりだと絶対にくじけるけど、二人なら頑張れるよね、私たち、絶対に挫折はよそうね』というわけで、二人でジムへ行き、オプションのプログラム『すっきりお腹』もしてきた」―『美は惜しみなく奪う』「股ズレ注意報！」より

「もう通っていません」(林さん)

やせ方です！
アメリカでいちばん新しい

11 ビリーズブートキャンプ

★

「楽しそうに見えるのは、後ろで二十人ぐらいが一緒に動いているからである。夜中にひとりでやっても少しも楽しいことはない。おまけにこのトレーニングのきついこと。きついこと。一日めの基礎編でこんな調子でついていけるんであろうか。～中略～私にとってあのDVDトレーニングは、まさにドラリオン（世界的サーカス集団シルク・ド・ソレイユの演目のひとつ）級。あのまま五十五分間、あの動きを続けるなんて至難の業だ。が、今夜も私は基礎編からもう一度始めるつもり」―『美は惜しみなく奪う』「さあ、始めよう」より

「実は私が試したのは、まだビリーがあんなにブームになる前。だけど運動が辛くて辛くて、入隊前から除隊状態でした……」(林さん)

林さんはトレーナー宮城裕子さんから、マンツーマンで指導を受けました。

B・B・V ola plus+

専用ストレッチマシンで体を柔らかくしてから、筋力トレーニングをする新しい形の加圧ジム。東京都渋谷区渋谷1-14-11 ピーシーサロン渋谷3F ☎03-6418-0065 営8:00～22:00（土・日・祝日9:00～21:00） 入会金￥21,000 月会費￥15,750～

13 加圧トレーニング

★★★

「まずは加圧トレーニングの説明を聞いた。加圧トレーニングというのは、私が最初に考えていたような血液を止めるようなものではない。締めることによって血管を拡げるのだ。これによって、ものすごい量の成長ホルモンが出ていく。ふつうだったらこの成長ホルモン、トライアスロンぐらいしないと出ないものらしい。それが加圧トレーニングだと短時間で出るというのだ」―『地獄の沙汰も美女次第』「やったね！カーツ」より

「これは効きました。でも今はお休み中」

ちょっぴり
SMチックな
気分になった
ワタシ
NICE

17 MBT

★★½

「セレブとしての自覚を持った私は、あらたな習慣をつけるようになった。ちょっと遅い気もするが、一時期ブームになった『マサイの靴』を購入したのである。立っているとぐらぐらするので、内ももに力を入れて歩かなくてはならないというあの靴だ」―『美女の七光り』「肉体セレブ」より

「毎朝のマリーの散歩に履いています。家の周りは坂だらけだから、すごい運動量だと思います。脚、細くなるかな～？」(林さん)

特徴あるソールで、歩くだけで体のバランスや筋力アップを促すように開発された靴。キブリ128W（ブラック）￥29,400

to be Continued

Beauty

林さんが効きめ実証済み！
キレイの奥の手

飽くなき執念こそ、キレイの原点。新しい美容法を聞いたら即トライ！ “効きめ実感！”コメント付き。

ドゥ・ラ・メールの化粧品

「先日、写真集のロケでドバイに行ったとき“モデルさんは肌コンディションを高めとかないと（笑）”と言われて、成田空港で買い求めたのがこれ。旅の間、セラムを塗り、上からクリームを重ねづけ。肌にツヤが生まれ、ふっくら柔らかい肌に。おかげでコンディションはばっちり」

「ふたつを重ねるだけなのが忙しい私にぴったり。クリームは大きなジャーを買いました。今度オットにも塗ってあげよう」

「重ね使いで肌にハリが」左・クレーム ドゥ・ラ・メール30ml ￥17,850　右・ザ・ラディアント セラム30ml ￥21,000（ドゥ・ラ・メール☎03-5251-3541）

ヒアルロン酸注射

「院長は私の目のシワを見てすぐに言った。『あ、これね。目の大きい人は、たいていここがたるんでシワになるんだよね。ここはヒアルロン酸をちょっと埋めてあげましょう』『ヒアルロン酸って何ですか』人間の皮膚の中にあり、化粧品にも含まれているものだそうだ。その凝縮したものを、シワに埋めればいいという。〜中略〜そして注射をピッピッと目の下に打たれた。ぴくっとした痛さだが、耐えられないものではない。この間、なんと三分。五年間にわたる私の悩みは、たった三分で解消されたのである」—『トーキョー偏差値』「プロとアマの違い」より

「以前に打った部分が青くなってしまい、先々月も一度皮膚科の先生に診ていただきました。私にはあまり合わないのかな〜」

愛用タオルは明治生まれ

「昔から愛用している“おぼろガーゼタオル”。肌をいためず、こすると怖いぐらい垢がポロポロ。最高のタオルでしょう」—林真理子ブログ「あれもこれも日記」より

「和田式で使うタオルなんです。それからずっと愛用。これに石鹸をつけて肌をこすると、恥ずかしいぐらい垢が出るんです。でも洗い上がりの肌はつるつる」

40番手の細糸で作ったタオルとガーゼの二重織り。オボロガーゼタオルオープン価格（おぼろ タオル☎059-227-3281）

マッサージのやり方を、田中先生が映像でわかりやすく解説。『田中宥久子の造顔マッサージ』￥2,100（講談社）

田中宥久子さんの美造顔マッサージ

「知り合いの編集者が、田中宥久子先生のスタジオに連れていってくださった。今、すごい話題の『田中メソッド』をつくった方だ。顔のマッサージは、そっとやさしく、という今までの概念を覆した。顔のリンパの流れを変えるために、かなりの力を入れてマッサージをするそうだ。〜中略〜はっきり言って、顔全体の筋肉をこねくりまわしている感じ。こんな経験は初めてだ。しかし全く痛くない。ちゃんと運動をしたような気持ちよさ。そう、体を同じように、顔もエクササイズしたがっていたのですね」—『美女は何でも知っている』「小顔になりたい」より

「造顔マッサージが進化し、今は美造顔マッサージ。毎朝、自分でもクリームを塗ってやります。マッサージ後の顔が全然違うんです！」

プライベートルーム☎03-5785-2372　限られた人数しか受けられないサロンなので、詳しくは電話でお問い合わせを。

C

A

B

板谷先生のヘアサロン

某日「あまりの忙しさにずっとご無沙汰していた美容サロンへ。いつもの板谷先生にカラーリングとカットをしていただきました。近いうちにネイルとエステにも行きたいけど時間がない、本当に！」A
某日「板谷先生のサロンでカットしてもらいました。この短さにするのは久しぶりです。気分を変えて新しい年を迎えるためとあさっての撮影のためです」B
某日「板谷先生のところでカラーリングとカット。忙しくてサロンに行く時間がとれなかったんです。これから三枝成彰さんの渡辺晋賞授賞式とパーティーに出かけます」
C―すべて林真理子ブログ「あれもこれも日記」より

「もう5～6年通っています。板谷先生の魅力は着物やパーティのヘアがとてもお上手なこと。大人の望むヘアスタイルがばっちりなんです」

ITAYA HAIR & MAKE-UP

東京都渋谷区神宮前4-14-18 ☎03-5772-6646 営10:00～20:00（日曜～18:00） 火曜休 カット＆スタイリング￥6,300 板谷裕實カット＆スタイリング￥11,550

レッグマジックエックス

「テレビで見て、こんなの買いました。タプタプの太もも、どうにかなるでしょうか？」―林真理子ブログ「あれもこれも日記」より

「これは見た目以上にきつく、1セットたった60秒といわれても、その1分やるだけでも脚が相当辛かったんです……。残念ながら、今は私の仕事場の衣紋掛け状態です……」

魔法のお水!?

「『こんなもん、効くか！』と花粉症に苦しみながらもフンと拒否していた夫に無理やり飲ませたところ、3日間で鼻が通るようになったとビックリ！」「これが今、私の友だちがみんな飲んでるパワー水素。体の錆を落とし、アンチエイジングに最高だそうです。『もうじき大ブームになるので、今のうちに買っといた方がいいよ』と友だちに教えられ、さっそく五個買いました」―林真理子ブログ「あれもこれも日記」より

「左は、ある女優さんからのいただきもの。髪につけてブロウすると調子がいいんです。右は、飲み始めてから免疫力が上がった感じです」

右・パワー水素H イラチューチュー（2ml×60本入り）￥3,880（メーノ10☎0120-088-783） 左・肌への水分補給に力を発揮。アクアーリオ530ml ￥3,675（環境保全研究所☎0551-48-5300）

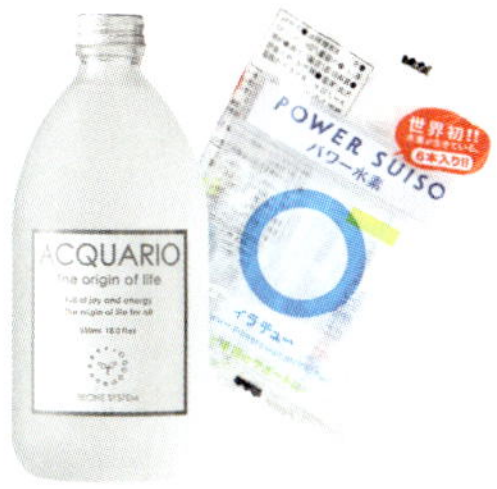

歯の矯正＆クリーニング

「私は『歯のエステ』などという言葉が流行るずっと前から、歯のクリーニングへ行っていた。虫歯や歯垢のチェックの後、超音波で歯を磨いてもらう。ざっと一時間かかるが、そこへ行ったのがつい三日前のこと。～中略～当時大人で歯の矯正をする人などほとんどいなかったが、私はあの金具を三年間つけて頑張った。そして矯正が終わったら、顔はきゅっと小さくなり、まるっきり形が変わってきたではないか（自顔比）。フェイスラインが本当にすっきりし、三年たつ頃には、唇が薄くなってきた」―『美女は何でも知っている』『年齢は関係ありません』より

「22年前、有名人で矯正した大人はもしや私が最初!? 驚くほど口まわりのシルエットが変わります。矯正を悩んでいる人は絶対やるべき!」

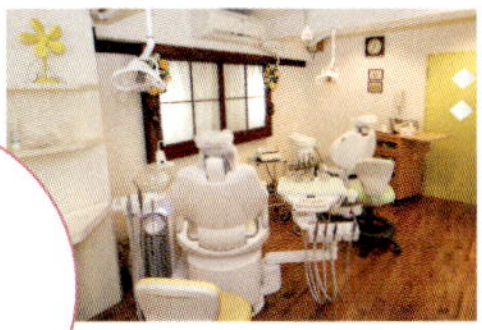

K＊デンタルオフィス

東京都渋谷区西原3-13-15 フラット代々木上原A-101 ☎03-3469-2302 診10:00～13:00、14:00～19:00 木・日・祝日休 初診料￥5,250 矯診断料￥52,500 矯正治療費￥200,000～1,400,000 PMTC（クリーニング）￥8,400（1時間・初診料）

MARIKO'S WORDS 03 マリコの教え

次第にわかってきた。
世の中にはモテるデブと、
モテないデブがいるということを。

――――『美は惜しみなく奪う』「おデブのオーラ」より

モテるデブの方々をよーく観察すると、幸せに充ちた雰囲気があり、そして肉のつき方がなんかエロティックなのである。私のようにお腹に肉がどっしり、という感じではなく、まず胸に肉がきてる。そして全体のラインが、デブなりにまとまっている、というのが特徴だ。男の人が言う「おいしそうなボディ」なのである。

「結婚の成功は、出会いの多さによる」

――――『美女の七光り』「婚活のハシリ」より

「私は、何事でも時代を先取りする女。今、みんなかなり頑張ってやっている"婚活"って、あれは昔、私が一生懸命やってたことじゃん。あの頃は、結婚したがるのはアホな女、ということで、私はどれだけ知識人といわれる人たちからいじめられたであろうか。しかし私はけなげに、結婚に向けてあれこれ知恵を絞ったのである」。そして辿り着いたのがこの結論。「あたり前過ぎるぐらいあたり前のことであるが、この出会いをいかに多くするかというのはとてもむずかしい」

断食道場へ行ったら、
自分のぜい肉をお金に換算するようになった私。
いいことか悪いことかわからない。
しかし恋も美も、最後は計算じゃ、
どう功利的に考えるかじゃ。

――――『美女は何でも知っている』「美の換算法」より

ニンジンジュースだけで過ごした断食道場。そうして痩せた五キロ。断食道場に十数万円払い、その間近くのホテルに娘とシッターさんがいたから、その費用でゆうに五十万は超えている勘定だ。一キロ十万円の肉！ チャンピオンの松阪牛肉でも、こんな値段はしない。それなのにちょっと食べたら十五万円が消えた……。

「やめときなよ。 あのさ、
フケちゃって顔にダメージがある人は、
ダメージデニムはかない方がいいと思うよ」

——『美女の七光り』「繁盛する女」より

流行のダメージデニムを可愛くはこうと思っていた林さんに、テツオがニヤニヤしながらひと言。“ダメージはひとつまで”がおしゃれコーディネートの鉄則。

顔にダメージがある人は
ダメージデニムはNG
と、テツオは言った

「あんたの五キロは、
普通の人の五百グラム」

——『美女入門』
「夜を制するものは、体重を制する」より

“女ロバート・デ・ニーロ”と呼ばれるぐらい体重の増減が激しく、10キロぐらいすぐに太ったり痩せたりする林さんを評して。体重の割合からいうと、5キロ痩せたぐらいでは、たいしたことがないという意味。

「あのねぇー、
ブスと老けは伝染するから
気をつけなきゃ」

——『美女入門 PART2』
「ブスと老けは、
伝染るんです」より

女の子のことを滅多に誉めないテツオが、珍しく誉めた、林さんの妹分でお嬢様のA子ちゃん。しかし数年ぶりに会ったら、開口一番「老けたね——」。そしてこう説教。

TETSUO'S WORDS
テツオの言葉

『美女入門』のヒール役・テツオ。
このエッセイで悪名が知れ渡り、
表通りを歩けなくなったという噂。

この世で焼き捨てたいものは
手編みのセーターだと
テツオは言った。

「あんたはさ、 目は大きくていいんだけど、
顔が下半身ブスなんだ」

——『美女入門』「美人のつくり方」より

「知ってる人もいるかもしれないが、私は七年前に歯の矯正をした。
それもテツオのひと言によるものだ」。良薬は口に苦し。

テツオさんの
唇って、セクシーねー…
だってさー

「あんたはね、 一応努力はするんだけど、
いつも三合めで終わってしまうんだよね」
「一生に一度ぐらい頂上までいってみろ」

——『美女入門』「ブルーの皿の思い出」より

あらゆるダイエット法や器具に挑戦するが、すぐに放り出してしまう
林さんへの温かい愛がこもった（？）一言。叱咤激励。

マリコのエブリデイ・グルメ

グルメクイーンのごひいき㊙アドレス

**一度気に入ったら、それこそ“食い倒す”ぐらいの勢いで通い詰める一方、
どんなに人気の店でも、ダメとなったら見向きもしない。
そんなキビシい選択“舌”に叶った、行きつけの店をピックアップ！**

1 マイグルメタウン 地元／上原の行きつけ店

吉田風中国家庭料理 jeeten（ジーテン）

予約がなかなか取れない人気店。

夫が好きで、週末によく家族で来ます。家庭的なやさしい味の中国料理。辛すぎない坦々麺が好き。夜は予約が取りにくいけど、ランチは予約不要だから狙い目。

吉田勝彦シェフの店。ランチはセットのみ。東京都渋谷区西原3-2-3　☎03-3469-9333　営12:00～14:30、18:00～22:00（日・祝日、第2水曜日はランチお休み）火曜休

まんぷく 代々木上原店

我が家の行きつけ焼き肉店。

毎週土曜日の外食の日によく出かけます。お肉だけじゃなく、サイドメニューもおいしいからダイエット中でも大丈夫。春雨の炒め物（チャプチェ）やネギチヂミなどがおすすめです。

コラーゲンたっぷりの自家製参鶏湯も人気。東京都渋谷区西原3-1-42 バインズ代々木上原101　☎03-3468-5580　営17:00～24:00（土・日・祝日は12:00～15:00のランチ営業あり）無休　http://www.take-5.co.jp/manpuku/yoyogiuehara

中國菜 老四川 飄香
(チュウゴクサイ ラオシセン ピャオシャン)

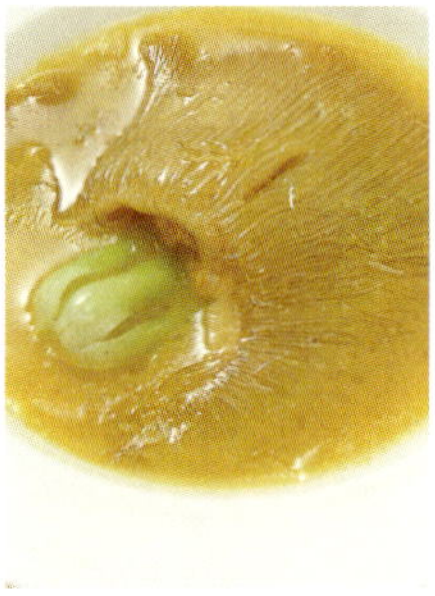

スペアリブは癖になる味。

四川料理の名店のひとつ。名物料理はスペアリブ。唐辛子がいっぱいですが、そのおいしさは、一緒に行った脚本家の大石静さんも絶賛してました。

お店は井ノ頭通り沿い。東京都渋谷区上原1-29-5 BIT代々木上原001　☎03-3468-3486　営11:30～L.O.14:00、18:00～L.O.21:30　月、第3火曜休
http://piao-xiang.com

笹吟

日本酒も料理も種類が豊富。

日本酒の種類が豊富。料理も70〜80種類ほどもあり、どれも新鮮な食材を使った手間をかけた優れもの。季節に合わせていろいろとメニューが変わるので、飽きません。

いつも満員なので予約すると安心。東京都渋谷区上原1-32-15 第2小林ビル1F　☎03-5454-3715　営17:00〜23:45（L.O.23:00）、土曜は〜23:15（L.O.22:30）　日・祝日休

すし 久遠

のんびりできる隠れ家的寿司屋。

3時からやっているので、おいしいお寿司をつまみながらだらだら飲むのが幸せ。家から好きなワインを持っていくことも。

ワインの持ち込み可。寿司だけでなく、丁寧に作られた野菜料理も美味。東京都渋谷区西原3-20-5　☎03-3468-9096　営11:30〜13:00（ランチは水〜日曜）15:00〜23:30（L.O.22:30）　月曜休

蕎麦屋 山都

“つけ黒カレー” をぜひ。

お蕎麦やさんですが、天ぷらや牛すじ煮込みといった料理も美味。私の大好物はカレーのつけ蕎麦。中華蕎麦やおばんざいなど、新しいメニューにもチャレンジする楽しいお店。

内観は和風でスタイリッシュ。日本酒や居酒屋メニューも充実。東京都渋谷区上原3-1-17 イデールームズ上原１Ｆ　☎03-3466-3200　営18:00〜24:00　土・日・祝日12:00〜14:30、17:30〜22:30（L.O.は閉店1時間前、ランチは30分前）火曜休　http://ameblo.jp/fg-yamato

レストラン コム・シェ・ヴ

美人になれるカレーがあります。

打ち合わせや、友人とのランチでよく来ます。前菜の盛り合わせや肉料理が美味。脂分が取り除かれたコラーゲンたっぷりのソース・キュリーもおすすめ。

写真は和牛ほほ肉の赤ワイン煮。東京都渋谷区大山町46-9 ヴィラタナカ1F　☎03-5452-8033　営11:30〜L.O.13:30（土・日・祝日は〜L.O.14:00）、18:00〜L.O.21:30（土・日・祝日は〜L.O.21:00）　水曜休（祝日の場合は、翌木曜休）　http://comme-chez-vous.jp

2 友達との会食やデートに使う とっておきのお店

ラトリエ ドゥ ジョエル・ロブション

気軽に入れるフレンチ。

六本木で軽めの夕食をとりたいときに、よく利用するのがここ。フレンチだけど、アラカルトの小皿メニューが充実しているので、一人でも利用できます。

ベーカリーも併設。東京都港区六本木6-10-1 六本木ヒルズ ヒルサイド 2F ☎03-5772-7500 営ランチ11:30〜L.O.14:30（土・日・祝日は〜L.O.15:00） ディナー18:00〜L.O. 21:30 無休 http://www.robuchon.jp

ニューヨーク グリル

Night View★

おすすめの勝負ビュー。

新宿のパーク ハイアット 東京52階、ニューヨーク グリルの夜景はデートにぴったりの“勝負ビュー”。二人で景色を眺めながら、カクテルをちびちび飲むのがムードたっぷり。

130種類以上揃うカリフォルニアワインセラーは東京随一。ジャンルを超えた独創的な料理が楽しめる。東京都新宿区西新宿3-7-1-2 パーク ハイアット 東京52F ☎03-5323-3458 営11:30〜14:30、17:30〜22:30 無休 http://tokyo.park.hyatt.jp

地方の行きつけのお店 Part1

得仙

名古屋

ぷりっぷりのあんこう鍋。

1年前から予約を入れておかないと、いっぱいになってしまうほど人気の名古屋のあんこう鍋のお店。ここのあんこうのぷりぷり感は、ほかでは絶対に食べられない。野菜も豆腐もおいしくて、つい食べすぎてしまう。来たら来年の予約も忘れずに。●愛知県名古屋市中村区名駅5-25-6 ☎052-541-2755 営12:00〜15:00、17:30〜22:00 ※要予約 日・祝日休 http://toku-sen.co.jp

原茂園 Café Casa da Noma

山梨

山梨のとっておきのスポット。

母屋の1階がワインショップ、2階がカフェ。テラス席で葡萄園を眺めながら飲むワインは最高。料理は野菜がふんだんな自然派メニューで、ワインと相性が良く、東京から来た人たちも大満足してくれます。●山梨県甲州市勝沼町勝沼3181 ☎0553-44-5233 営9:00〜17:00（カフェは11:00〜、営業期間4〜11月） 月曜休 http://www.haramo.com

溜池山王 聘珍樓

Night View★

中華おせちも隠れおすすめメニュー。

溜池山王の聘珍樓は夜景がきれい。マダムとお友だちなので、横浜の本店や香港のお店へも。濃厚な特製スープのフカヒレをぜひ。お正月の中華おせちは親戚にも大好評でした。

バーもある新しいスタイルの店舗。東京都千代田区永田町2-11-1 山王パークタワー27F ☎03-3593-7322 営11:30〜14:30、17:30〜22:00（土曜12:00〜15:00、17:00〜22:00） 日・祝日休 http://www.heichin.com

リストランテ・
ヒロソフィー銀座

一皿ごとに楽しいイタリアン。

山田宏巳シェフのレストラン。麻布十番にあったときはよく行っていました。今は銀座にお店があります。盛りつけがいつもユニークで、見ているだけでも楽しくなります。

東京都中央区銀座6-8-7 交詢ビル4F ☎03-5537-5855 営火曜18:00〜L.O.21:00 水〜土曜12:00〜L.O.14:00、18:00〜L.O.21:00 日曜12:00〜L.O.15:00 月曜休

TOSA DINING おきゃく

東京でも土佐料理を。

銀座にある高知県アンテナショップ２階の土佐料理レストラン。塩で食べる鰹のたたきの美味しさを知ったのもこの店でした。リーズナブルでおすすめ。

東京都中央区銀座1-3-13 リープレックス銀座タワー「まるごと高知」2F ☎03-3538-4351 営11:30〜15:00（L.O. 14:30)、17:30〜23:00（L.O. 22:00）土・日・祝日11:30〜15:30（L.O.15:00)、17:30〜22:00（L.O.21:00）無休 http://www.marugotokochi.com

串焼 牛宝

京都

お肉好きにはたまりません。

華道の名門のお嬢様、池坊美佳ちゃんと京都で遊んだときに教えてもらったお店。ご主人が炭火を使って牛のいろいろな部位を焼いて、小さなお皿で出してくれる串焼き屋さん。珍しい料理がいっぱい出てきてお酒が進みます。●京都府京都市左京区一乗寺赤ノ宮町22-4 ☎075-723-2424 営18:00〜23:00（L.O.22:30）不定休 http://www.gyuho.net

東山 (Touzan)

京都

驚くほど高レベル。

ハイアット リージェンシー 京都のレストラン「東山」。ホテル内のレストランはあまり期待しないのですが、ここは別格。器のセンスも素晴らしいです。●京都府京都市東山区三十三間堂廻り644-2 ハイアット リージェンシー 京都 ガーデンフロア ☎075-541-3201 営11:30〜14:30、17:30〜22:00（L.O.21:30） 月曜休（祝日、振替休日は除く）
http://kyoto.regency.hyatt.jp

中国飯店 六本木店

フカヒレと上海蟹が絶品!

必ず頼むのが、フカヒレの姿煮と北京ダック。秋のシーズンになったら上海蟹も。いつも雄と雌を1杯ずつ頼みます。おそらくここの蟹は日本一だと思います。

上海蟹のシーズンは9月末頃から。東京都港区西麻布1-1-5 オリエンタルビル1F ☎03-3478-3828 営11:30〜14:00、17:00〜翌4:00（日・祝日は〜23:00。L.O.は30分前） 無休 http://www.chuugokuhanten.com

レストラン カンテサンス

白金台の三つ星フレンチ。

繊細を極めた料理とワインのセレクトが絶妙です。予約の電話がなかなかつながらないので、行ったときに直接予約します。それでも2か月先になってしまうほど。

ランチ、ディナーとも「おまかせの1コース」スタイル。東京都港区白金台5-4-7 バルビゾン25 1F ☎03-5791-3715（予約専用） 営12:00〜15:00（L.O.13:00）、18:30〜23:00（L.O.20:30） ※完全予約制（予約は2か月先の同日までできる） 不定休 http://www.quintessence.jp

味満ん

日本一大好きなふぐの店。

「ふぐは人に奢るとお財布が痛む。ご馳走になると心が痛む…よって割り勘が原則です」。日本全国ここにかなうふぐはありません。シャンパンといただくのが最高。

ミシュラン二つ星のふぐ料理店の老舗。東京都港区六本木3-8-8 WOOビル1F ☎03-3408-2910 営18:00〜24:00 7、8月休業 9〜3月無休、4〜6月日曜休

地方の行きつけのお店 Part2

京寿し いづう

京都

鯖姿寿司が最高です!

京都に行くと食べたくなるのが、ここの鯖姿寿司。よくおみやげに買ってきます。ほかで売ってる鯖寿司とは味が違います。●京都府京都市東山区八坂新地清本町367 ☎075-561-0751 営11：00〜23：00（L.O.22：30）、日曜は〜22：00（L.O.21：30） 鯖姿寿司の持ち帰りは8：00〜 火曜休（祝日を除く） 1本¥4,410。店内では1人前¥2,205。

えん

京都

仲良しのぽんのお茶屋バー。

京都でいつもお世話になっている、ぽんの会員制のお茶屋。2階がお座敷で、下がバーになっている。京都はもちろん、東京からも有名人がいっぱい訪れ、お客さんに交じって舞妓ちゃんや芸妓さんたちもやってくるから、とにかく華やか。京都に来たときは必ず寄って遊んでいきます。●京都府京都市東山区清本町380 ☎075-531-6814 営20:00〜翌2:00 ※会員制 日・祝日休

つるとんたん 六本木店

行列のできるうどん屋さん。

エンジン01の会議でよく集まるうどん屋さん。うどんだけでなく宴会用のメニューもあります。私は大きな大判の油揚げがのっている、きつねのおうどんがシンプルで好き。

個室や大広間もあり、一品料理も充実。宴会はコース、または鍋宴会のメニューがいろいろある。東京都港区六本木3-14-12　☎03-5786-2626　営11:00〜翌8:00（L.O. 7:30）　無休　http://www.tsurutontan.co.jp

六本木ヒルズクラブ　Night View★

最上級の夜景が満喫できる。

六本木ヒルズ森タワー51階にある会員制のクラブ。会員になるとフロアのレストランやバーが利用できます。東京タワーを見下ろす夜景の眺めが最高です。

フロアには９つのレストランとバーがあり、ラグジュアリーな時が過ごせる。東京都港区六本木6-10-1 六本木ヒルズ森タワー51F　☎03-6406-6001　※会員制
http://www.roppongihillsclub.com

得月楼　高知

『陽暉楼』のモデルの料亭。

宮尾登美子さんの小説『陽暉楼』のモデルとなった、高知の有名な老舗料亭。エンジン01の「夜楽」イベントで大勢の地元の人たちと触れ合ったり、地元実行委員の方々との宴会を開いたり。海の幸山の幸をふんだんに使った土佐の皿鉢料理が豪勢。●高知県高知市南はりまや町1-17-3　☎088-882-0101　営11:00〜14:00、17:00〜22:00　不定休　http://www.tokugetsu.co.jp

すっぽん料理 大市　京都

食べた翌日の肌が違います。

京都名物の大市は創業330年の老舗。座敷がある方は約100年前に建てられ、趣があります。食べた次の日、確実に肌が変わったと実感できるほどコラーゲンたっぷり。ファンデーションを塗るとするりとすべるようにつるつるに。●京都府京都市上京区下長者町通千本西入六番町371　☎075-461-1775　入店時間12:00〜13:00、17:00〜19:00　火曜休　http://www.suppon-daiichi.com

和

芋ケンピ

芋好きでなくてもハマる味。

高知で大好物になったもののひとつが芋ケンピ。高知で知り合った人たちがいつもたくさん送ってくれて、気がつくと半袋ぐらい一気喰い。

芋ケンピは細く切ったさつまいもを揚げて、砂糖を絡めた土佐生まれのお菓子。これは林さんが高知に出かけたら必ず立ち寄る「日曜市」で売られている芋ケンピ。350g￥630　●水田製菓　高知県高知市神田185-15　☎088-844-4726

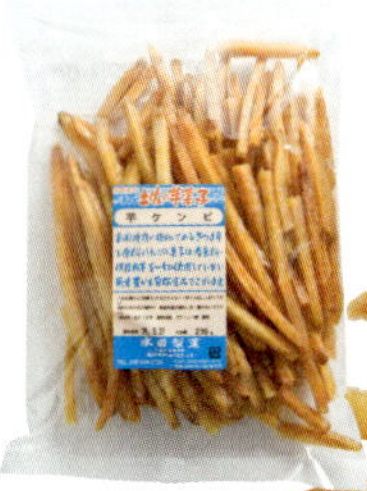

Everyday Gourmet

禁断のスイーツカタログ

「私はお菓子屋の孫だから、甘いものには目がないの」。ダイエットの天敵とは知りながら、つい手が伸びてしまうのはDNAのなせるワザ？生まれながらのスイーツマニアが選んだ、究極、でも禁断の味。

Photo : Emiko Tennichi

白露 ふうき豆

熱いお番茶と食べると最高。

えんどう豆を丁寧にやさしく煮て作られたふうき豆。毎日少量ずつしか作られていない貴重な品。そのやわらかい甘さといったら、これをいただくと嬉しくて体がふるえるほど。

デパートその他には出品されておらず、山形の店舗でのみ購入可能。地方発送も行っている。300g￥600より　●山田家　山形県山形市本町1-7-30　☎023-622-6998

どらやき

口の中でふわっと幸せが広がる。

「ハヤシマリコのうちへ行くなら、お土産はうさぎやのどら焼きに限る」と言われる大好物。口に入れてからの、生地と餡のふわふわ感がほかのどらやきとはまるっきり違います。

北海道十勝産の小豆をやわらかく煮た餡とレンゲ蜂蜜入りの生地が絶品。午後4時以降の購入は要予約。￥200　●うさぎや　東京都台東区上野1-10-10　☎03-3831-6195　営9:00～18:00　水曜休　http://www.ueno-usagiya.jp

…お取り寄せ可能

水ようかん

かの向田邦子さんも絶賛の品。

骨董通りの菊家さんの水ようかんは、桜の青葉が手に入る時期だけ作られる貴重なもの。昔、南青山に事務所があった頃は、すぐ近所だったので本当によく通っていました。

地方発送は10×10×3㎝のケース入り（¥1,250、発送料金別）のみ。¥350　●菓匠 菊家　東京都港区南青山5-13-2　☎03-3400-3856　営9:30〜17:00（土曜は15:00まで）　日・祝日休　http://www.wagashi-kikuya.com

かりんとうドーナツ

秋元康さんに教えてもらった味。

グルメの師匠・秋元康さんからいただいて、はまりました。うちで食べるときは、オーブントースターで少しあっためると、さらにおいしさが増します。

各店舗で仕込みから焼成までを行い、タイミングが合えば揚げたてが買える。ショップは日本全国に約80店舗。並¥565より　●麻布十番モンタボー　東京都港区麻布十番2-3-3　営8:30〜21:00　無休（年末年始を除く）　http://mont-thabor.jp/

大丸やき

お店の懐かしい雰囲気も楽しんで。

大判焼きのようですが、カステラと同じ生地を使っているので風味が違う。味もさることながら、お店の昔ながらの佇まいが特に気に入っています。ぜひ店内で食べてください。

創業は昭和23年。出来たてもおいしいけれど、1日経って餡がしっとりするとまた違う味わい。1個¥160　●大丸やき茶房　東京都千代田区神田神保町2-9　☎03-3265-0740　営10:00〜17:30　土・日・祝日休　http://daimaru.jpn.ch

豆大福

毎月１回の勉強会のお楽しみ。

群林堂は講談社の目の前にある和菓子屋さん。連載中の歴史小説の月例勉強会のお供に、この豆大福は欠かせません。甘味で頭を活性化させるため！と言いつつ、つい食べすぎて…。

北海道富良野産の赤えんどう豆と十勝産の小豆にこだわりが。店頭はいつも行列。豆大福はたいてい午後2時頃には売り切れに。¥160　●群林堂　東京都文京区音羽2-1-2　☎03-3941-8281　営9:30〜17:00　日曜休

歩サーターアンダギー

沖縄でイチオシの幻の逸品。

10数年前に岸朝子先生に教えていただいたサーターアンダギー。つなぎは卵の黄身しか使っていなくて本当においしい。沖縄に行ったら必ず買いに行きます。

卵の濃厚な味がクセになる。早い時間に売り切れてしまうことも。9個入り￥735　●歩（あゆみ）　沖縄県那覇市松尾2-10-1 第一牧志公設市場内2F　☎098-863-1171　営10:00～売り切れ次第終了　日曜休

揚最中

香ばしい皮と餡の絶妙な味わい。

これも秋元康さんからのご紹介。ごま油で揚げた最中の皮とあんこが織りなす絶妙のハーモニー。揚げもの厳禁のダイエット中でも、この味にはあらがえません…。

ほんのり塩味の皮と餡のやさしい甘さが美味。6個入り￥1,080より　●中里菓子店　東京都北区中里1-6-11 中里SUZU KIBLD　☎03-3823-2571　営9:00～19:00（土・祝日は17:00まで）　日曜休　http://www.nakazato1924.com

おとぼけ豆

読書のお供に最高です。

昔、東麻布に住んでいたときに、よく豆源の麻布十番本店に通っていたんです。ここの豆菓子を食べながら本を読むのが、至福のひとときです。

青海苔、きざみ海苔、海老の3種類が入った磯風味の豆菓子は人気ナンバー1。170g入りのお徳用パックもあり。135g入り￥315　●豆源 麻布十番本店　東京都港区麻布十番1-8-12　☎0120-410-413　営10:00～20:00　火曜不定休

きんつば

割ると小豆がぴゅっと出てくる。

まだ貧乏コピーライターだった頃、この一元屋の近所に勤めていて、おいしいと聞いていたけれど買えなかったことを思い出します。今はエンジン01の会合のときによくお土産に。

東京一のきんつばといわれる味。やわらかい甘さの小豆に塩が効いていて驚きのおいしさ。6個入り￥882より　●一元屋きんつば店　東京都千代田区麹町1-6-6　☎03-3261-9127　営8:00～18:30（土曜は17:00まで）　日・祝日休

洋

チョコレートシフォン

これは絶対に食べなきゃダメ!

高知で龍馬ミュージカルの公演をしたときに差し入れでいただいてトリコになった最高のシフォンケーキ。知る人ぞ知る高知の名店。行くたびに必ず寄ります。

オーナーが厳選した2種類のココアをブレンド。濃厚な味わいに感動。17㎝生クリームセット¥2,150 ●ジョエル 高知県高知市梅ノ辻9-12 ☎088-831-4732 営10:00〜20:00 毎月5・15・25・26日休 http://www.joel80.com

みどりのつばきロール

小豆が大好きな人はぜひ。

ロールケーキにはまって食べまくっていたときに、松山での講演会で差し入れしていただいた名物ロール。抹茶のロールケーキで、クリームの中に大好きな小豆が入っています。

福岡県八女郡星野村の貴重な手摘み抹茶を使用。スポンジが口の中でとろけるようなやわらかさ。¥1,150 ●パティスリー ルフランルフラン 愛媛県松山市居相4-17-27 ☎089-905-0366 営10:00〜19:00 水曜不定休

堂島ロール

1切れのつもりが、つい…。

私のロールケーキ・ブームの火付け役。食べるときは1切れ1㎝と決めているのに、つい3切れ、4切れと…。この味が1000円ちょっとなんて超お手頃!

たまご風味のやわらかい生地と、厳選された数種の北海道産生クリームをブレンドしたコクのあるクリーム。何回でも食べたくなる。¥1,260 日本国内に約20店舗。●パティスリー モンシェール http://mon-cher.com

クリーミィロール・メヌエット

クリームがさっぱりしています。

中沢フーズの直営カフェで、週2回しか販売されていないロールケーキ。ロールケーキに目がない私のために、ブログ管理人のマキちゃんが買ってきてくれました。

ロイヤルミルクティー&スコーンのカフェ。パティシエのスイーツは木・金曜日11:30より限定販売。ホール¥1,500、カット¥250 ●フルーゼハウン 東京都港区新橋1-18-1 航空会館1F ☎03-3503-8525 営9:00〜21:00 土曜不定休

右:小山ロール¥1,260 ●パティシエ エス コヤマ 兵庫県三田市ゆりのき台5-32-1 ☎0120·086·832 水曜休(祝日の場合は翌日) www.es-koyama.com/
左:フロールはコーヒーハンター川島良彰さんのコーヒーとセットで¥1,200 ●ミディ・アプレミディ 京都府京都市中京区東洞院三条下ル ☎075·221·1213

ベスト・オブ・ロールケーキ。

“ロールケーキ評論家”の林さんが試した京都と兵庫の究極の逸品。パティシエ エス コヤマの小山ロールは大阪の弟夫婦が教えてくれた。ミディ・アプレミディのフロールは秋元康さんと麻生圭子さんも大推薦。

BOOK

キレイの課題図書

バッグの中にはつねに数冊の本。実家が本屋だけあって10代の頃から筋金入りの文学少女だった。今もキレイの糧となっている、オススメの本。

水村さんの本は前から好き。昔、おふたりがイェール大学にいらっしゃるとき、遊びに行きました。海外で日本語を研究しているせいか、とても言葉が繊細で美しい。でも母に対する娘の気持ちの描き方は怖いぐらい。私はここまで思えないかも……。

『母の遺産　新聞小説』
水村美苗　中央公論新社

主人公は50代の大学講師である美津紀。大学教授である夫は不倫しているらしい。彼女は姉とともに入院中の母の介護をしているが、この母が実にわがままな女性。「ママ、いったいいつになったら死んでくれるの?」。母の死後、さまざま問題を抱えたまま、美津紀はすべてを整理するために、ひとり旅に出る。

この本、もっと売れていいと思います。いかにもセレブな音楽に関わる人たちが、面白く、重厚で、気品高く、しかもエロチックに描かれています。財界人や音楽家を、これほどまでリアルに描くのはさすが丸谷さんです。

『持ち重りする薔薇の花』
丸谷才一　新潮社

―カルテットというのは、４人で薔薇の花束を持つようなものだな。面倒だぞ、厄介だぞ、持ちにくいぞーー元経団連の会長が、交遊のある世界的カルテットの秘密（？）を細かなディテールで描く長編作。互いの妻との恋愛あり、男の嫉妬あり、裏切りもある中で奏でられる音楽は、こんなにも深く、美しい。

最近読んだ中で一番面白かった本がこれ。冒険スリラーサスペンスとでもいいましょうか。私はぶ厚い本は苦手なのに、一気に読んでしまいました。

『ジェノサイド』
高野和明　角川書店

創薬化学を専攻する大学院生・研人のもとに、急死したウイルス学者の父親からのメールが届く。同じ頃、傭兵のイエーガーは不治の病を患う息子のために、暗殺チームの一員となり、コンゴ潜入の任務を引き受ける。このふたりの人生が交錯するとき、驚愕の事実が明らかになる。それは人類絶滅の危機……。

絲山さんの本の大ファンです。『ばかもの』なんて最高！ この本は男女のやりとりが絶妙。「下戸の超然」は、やるせない恋愛を本当にうまく描いています。

『妻の超然』
絲山秋子　新潮社

“超然”をテーマにした三部作。一作目が「妻の超然」。年下の夫の浮気を気づいていながら、それを観察し、いろいろなことを考えている妻の理津子の話。ほかに北九州出身で酒がまったく飲めない男が主人公の「下戸の超然」、一人称で描いた「作家の超然」。すべての話が“超然”という言葉につながる。

言葉というのは、こんな風に選ばれていくのか。ひとつひとつの言葉にこだわり、作っている、というストーリーが、作家としてお薦めしたいところですね

『舟を編む』
三浦しをん　光文社

2012年本屋大賞受賞作。玄武書房に勤める主人公・光也は、営業部では変人として持て余されている。しかし人とは違う言葉の捉え方をする彼は、辞書編集部で新しい辞書『大渡海』を編む仲間として迎えられる。運命の女性との出会いもありつつ、問題が山積みの辞書編集部。はたして辞書は完成するのか？

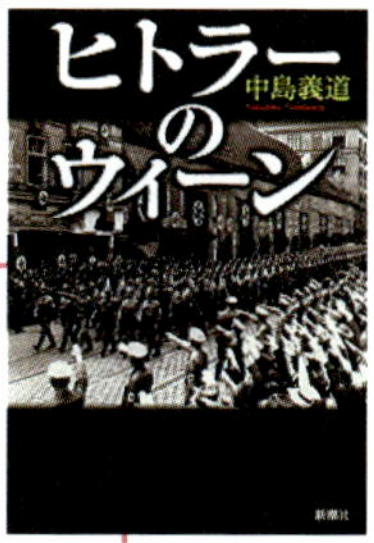

ヒトラーものが好きで集めています。ヒトラー本のコレクターかも!?　なぜ狂人がここまで支持されたのか、その時代背景にとても興味があるからなんです。

『ヒトラーのウィーン』
中島義道　新潮社

17歳から22歳まで、ヒトラーはウィーンで暮らしている。しかし現在ウィーンからヒトラーの行跡は消されていて、ドイツ時代に比べ、極端に資料も少ない。その隠された時代をウィーンと関係の深い哲学者である著者が紐解き、後に怪物となった人間の青年期をさまざまな角度から追った作品。

ハイソで知的な家族を描くのって、とてもむずかしいことなんです。それをうまく描いている、江國ワールドに酔いしれました。

『抱擁、あるいはライスには塩を』
江國香織　集英社

東京、神谷町にある大正期の洋館に暮らす柳島家。ロシアの亡命貴族である祖母を筆頭に、変わった教育方針、４人の子供のうち２人が父か母が違うという複雑な家庭環境など、すべてが常識を逸する風変わりな一族。１章ごとに時代や、場所、物語の語り手を変え、３世代にわたる家族を描いている。

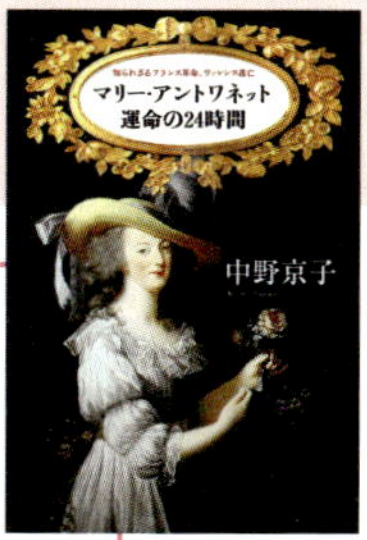

これはマリーアントワネットの立場から描かれたフランス革命の話。愛人フェルゼンの手引きで国外への亡命を試みるものの、もうハラハラドキドキです。

『マリー・アントワネット
運命の24時間』
中野京子　朝日新聞出版

愛するアントワネットを救うため、恋人フェルゼンが画策した逃亡劇“ヴァレンヌ事件”。国王一家の亡命は失敗に終わり、その結果、フランス王家は断頭台に上ることとなった。フランス現地の研究家の資料も交え、スリルとサスペンスのルートを追い、ヴァレンヌ事件がなぜ失敗に終わったのかを探る。

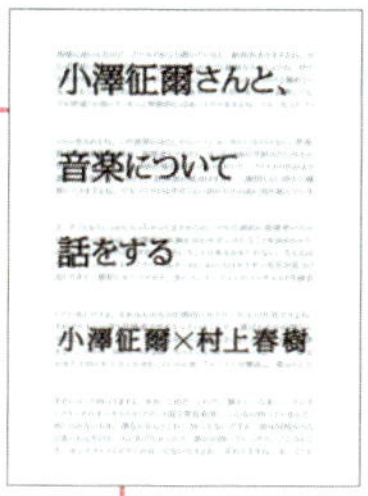

村上春樹さんは「音楽を、まるで言葉を読み取るかのように聴いているのね」と感心しました。おふたりの会話の中から、作曲家マーラーの本質的な答えが読み取れ、小澤さんの指揮に対する思いがひしひしと伝わってきます。

『小澤征爾さんと、
音楽について話をする』
小澤征爾×村上春樹　新潮社

「俺これまで、こういう話をきちんとしたことなかったねえ」——。東京、ハワイ、スイスで、あの村上春樹がマエストロ小澤征爾を1年間にわたってロングインタビュー。マエストロの魂の肉声を導き出し、音楽を愛する作家が文章に書き起こした貴重な一冊。

マリーちゃん ’09年1月生まれ。トイプードルのシルバーの女の子。娘さんたっての願いで家族の一員に。リビングのソファーが大好きな、別名“ソファー犬”。

愛犬マリーちゃん参上!

独身時代からずっと猫派だった林さんのいちばん新しい家族の一員は、トイプードルの美女犬マリーちゃん。道行く人たちが振り返る！ほどの美貌のお嬢様。その華麗なドッグライフは？

Photo : Keizou Iwamoto

公式ブログ「あれもこれも日記」の大人気アイドル犬、マリーちゃん。隣の奥さんの知人のブリーダーさんが、「うちで一番可愛いコに、今度子供が生まれるのでぜひ」と言って引き合わせてくれた美人の女の子。「お散歩していると、『こんなかわいいコ見たことない』とか『どこで買ったんですか?』とみんなに言われます。親バカと言われますが、ちょっと見たことのないくらいの可愛らしさ。性格もお姫様で、甘え上手で頭が良くて、ワガママ。夜はいつも私と一緒の布団で寝ています」

マリーちゃんとのお散歩は毎朝の日課で、ダイエットにもプラスと、いいことずくめのよう。

Mary

ママはお出かけ。
私はお留守番よ

とても恥ずかしがり屋さんで、お客さんが来ると林さんにべったり。

ママ、今日は何を
食べてきたの？

BEST of BEST
美女入門
ベスト・オブ・ベスト

“ふ、ふ、ふ”な女

（『美女入門』1999年5月刊より）

長年にわたって、私はワイドショーの熱心な視聴者であった。

独身の頃、起きるのはお昼近かったのでちゃんと見たことがない。けれども結婚したとたん、私はうんと早起きになった。

うちの夫は甘ったれのわがまま男なので、自分で朝ご飯をつくるなんてとんでもない話だ。

私は多くの若い女性に言いたいが、結婚生活に対して過剰な幻想を描かない方がよい。真白いエプロンをつけて、大好きな彼のためにハムエッグとミルクティの朝食をつくりたい……などというのは現実とあまりにもかけ離れている。結婚というのは、「○○してあげたい」という献身の甘やかさが、ひとつひとつ消えていくということである。最初にきっちりと考えた方がいい。

「私も疲れて寝坊したいこともあるから、基本的に朝ご飯は自分でつくってね」

このくらいビシッとしなければダメです。私なんか最初にいい奥さんを演じようとしたために、さまざまなことを未だにひきずっている。うちの夫は、朝は紅茶とトーストしかとらないくせに、自分でやるのは絶対にイヤだという。自分ひとり起きて、パンを焼くぐらい腹の立つことはないんだそうだ……。

話がすっかりそれたが、とにかく私は毎朝七時に起き、朝食を整える。夫を送り出し、ゆっくりと紅茶をすすりながらNHKの朝の連続ドラマを見る。それが終るとチャンネルを変え、ワイドショーを見るのをそれはそれは楽しみにしていたものだ。

けれどもこの頃、ワイドショーがまるっきり面白くない。誰かと誰かがくっついた、別れた、朝帰りした、と聞いても、

「それが何なのさ」

という感じである。年頃の男と女が何人もいる職場で、しかも普通の人よりもはるかに美しく魅力的な人たちが揃っている。これで恋愛が起こらなかったら不思議というものではないか。

おそらく私はキムタクと松たか子さんが恋人同士と聞いたとしても、そう驚かないと思う。

「あ、そう。さもありなん」

というぐらいだ。キムタクと市原悦子さんが愛し合っていると聞いたとしたら、最初は、へえーっとぐらい言うだろうけれども、そう興奮はしないはずだ。

「男と女とのことは、何があっても何の不思議もない」

という境地に達したからである。

私はこの年になってやっとわかったことがある。他人の恋愛にむやみに興味を持ちたがる女というのは、決して主人公にはなれないのだ。

「あの人とあの人とはデキているらしい」

という噂に異様に興奮したり、張り切って言いふらす女というのは、絶対に「デキているらしい」方の女の人になれないのである。

人の噂話が好きだからデキないのか、デキない体質だから人の噂話が好きなのか、このへんのところは玉子とニワトリの関係に似て非常にむずかしい。

が、私が観察したところ、デキやすい女、つまり噂話の主人公になりやすい女というのはもの静かな人が多い。神秘的という言葉は古めかしいが、自分の私生活をあまり明かさないものだ。特に男性関係に関しては、ものすごく慎重である。

「すっごくモテるんですって」

と水を向けても、

「ふ、ふ、ふ……」

と笑うだけである。私はこの〝ふ、ふ、ふ〟がデキる女の鍵を握っているのではないかと思う。

「あのさ、今日のワイドショー見てたんだけど、反町と稲森って線、あり得るかもね。そうそう、高知と高島礼子が見てもらった風水のおじさんってすごいお喋りだよね。でも、占い師があんなにぺらぺら喋っていいもんかね……。ねえねえ、あのさA子って知ってるでしょ。あの人、うんと年上の男とつき合ってるみたいだよ。このあいだすっごく高いイタリアンに二人でいるところ見ちゃったもの。っていうことはさ、前の彼と別れたっていうことかしら。ねえ、どう思う？」

などと喋る女に、男は恋を持ちかけるものであろうか。恋というのは、言うまでもなく秘密を共有することである。こんな女とつき合った日には、すぐさまいろんなことをバラされると警戒するはずだ。

ところでつい最近、美しいことで有名なある女の人と一緒にお酒を飲んだ。その時、本当に驚いた。彼女って自分の恋愛のことをぺらぺら喋るんですね。人の噂話もいっぱい。私の今までの経験だと、美人はこんな風に過去を自慢しない。こんなに自分のことを打ち明けない。

「何かヘンだ。どうしてだろう……」

私はずっと考え続けた。主人公となるべき女が、あんなお喋りオバさんのような喋り方をするとは。私の理論がまるっきり崩れてしまうではないか。

が、同席した私の友人はあっさり解明してくれた。

「ハヤシさん、知らなかったの。あの人って有名なレズなんだよ」

なーんだ、そういうことか。普通の美人は、あんなに男性とのことをひけらかしたりしない。レズの美人は、自意識過剰のブスとまるっきり同じことをする。

たらたら未練

（『美女入門PART3』2001年9月刊より）

つい先日、『死ぬほど好き』という短編集を出した。中の一編にストーカーの女のコを主人公にしたものがある。とっくに冷めた恋人につきまとって、彼のアパートをちょろちょろする女のコの話である。

ついこのあいだ仕事の席で、何人かに、

「ハヤシさん、ストーカーの気持ち、よくわかりますね」

と誉められた。

「だってあれ、私のことだから。私って、別れた男に、いじいじつきまとうタイプだから」

家のまわりをうろちょろ、ということはなんとかやめたが、電話をしつこくかけるということを、よくした。

「とにかく一回でも会ってくれさえすれば、お互いの誤解もとけて、すぐにうまくいくはずなのに」

「とにかく、もう一回そーゆーことをすれば、きっと元通りになるはずなのに」

という〝とにかく〟が、私をしつこい、ますます嫌われる女にしたと思う。ところがまわりにいた編集者、キレイで頭がよくて、いかにもモテそうな女性が二人、実は私も、と言い出すではないか。

「テレビでストーカーのニュースをやると、絶対に見ないようにしてます。自分もいつかそうなるんじゃないかと思って不安で——」

ということであった。

そうか、みんなこれについては悩んでいるのか。よく「女の美学を貫こう」とか、「別れる時はカッコよく」など書かれたり言われたりするけれども、実際はそういうことになるとむずかしいよなあ……。もちろん男の人に対する愛情や未練というものがことを複雑にしているけれども、年増になるとプライドというものがからんでくる。自分がコケにされたんじゃないかという思いだ。

男と女の別れに、対等のものはない。お互いに理解し合って、サヨウナラ、なんてものはドラマの中でだけの話だ。必ずフラれた人とフッた人が出現する。どんなふうにうまくやったとしても、この力関係は歴然だ。するとどういうことが起こるかというと、フラれた側の人間は、なんとかこの状況から脱しようと必死になる。

とにかく会って、すがって、元通りの男女の仲になる。そして彼を自分に夢中にさせる。

「やっぱりオレには、お前しかいない」

などということを言わせる。そうしたら今度は自分の方からフッてやるんだ、と女はつまらんストーリーを考えるわけだ。そんなことなんて、まず起こるわけがないのにね。

ところで私は若い頃フラれて、とてもとても傷ついたことがある。私が無名のコピーライターをしていた頃、とてもみじめな捨てられ方をしたのだ。ビンボーで才能もない私は、あの時こう思った。別に復讐を誓う、といったおおげさなものではない。昔からよくした妄想というやつですね。

うんと有名でエラいコピーライターになった私は、業界人が集まるカッコいいバーでとりまきに囲まれて飲んでいる。一流の業界人じゃないとなかなか来られないお店よ。するとそこに二流の業界人の彼が、おずおずと人に連れられて入ってくる。そして女王さまのように振るまう私を見るの……。彼の心に深い悔悟と私への関心が再びわくの……。

そして時がたった。私はひょんなことから、単なる業界の有名人のコピーライターどころじゃない、テレビや雑誌にひっぱりだこの有名人になった頃の話。

雑誌の仕事で新宿発の「あずさ」に乗ることになった。当時私は東麻布に住んでいて、どこへ行くのもタクシーを使った。そう、十五年前というのはテレビに出まくっていた頃で、今よりもずっと顔が知られていて、とても電車に乗れなかったのだ。

ところがタクシーがなかなかつかまらないうえに、やっと乗ったところが大渋滞、私は仕方なく降りて、地下鉄の駅へと走った。もう髪をふり乱し、ものすごい形相で階段を下り、汗びっしょりかいて車輛に飛び乗った。ドアがばたんと閉まる。驚いたのなんのって、そこに彼が立っていたのだ。

口惜しいことに相変わらずカッコいい。そお、私って昔から面喰いだったのよね。

「あ、マリちゃん、久しぶりだね」

他に連れもいたので、彼はそう馴《な》れ馴れしくなることもなく話しかけてきた。

「ええ、ごぶさたしています」

と私はよそよそしく言った。警戒していたからじゃない。あまりにもみじめだったからだ。バーで女王のように振るまう私はいったいどこへ行ったのよ。私っていつもは車使うのよ。あちらからハイヤー来ることだって多いのよ。本物の有名人になったんだから、地下鉄に乗ることなんかめったにないのよ。それなのに、それなのに、よりによってどうして、こんなカッコ悪いところを見られてしまうんでしょうか。

私は趣味が悪いと言われようとも、何かの口実を使って昔の男の人に会うのって、なかなかいいことだと思う。うんとおしゃれして、お店の照明まで計算に入れて男の人と会う。二人だけにわかる懐かしい話をして、時々うっかりと「○○ちゃん」なんて恋人時代の呼び方してさ。ま、むこうも大人だから何も起こらないけど、あってもいいかな、なんて思っていろいろ考えたり、悩んだりするのも好き。ナマナマしい若い人には無理かもしれないけど、年増になるとこういう楽しみがある。スルメみたいに思い出を噛んで噛んで、深い味を楽しむのさ。

BEST of BEST
美女入門
ベスト・オブ・ベスト

祝！三十周年

（『美女入門 PART2』2000年7月刊より）

「アンアン」がめでたく三十周年を迎えるそうである。本当にめでたい。
ひと口に三十年といっても、ずうーっと日本の女のコたちをリードする人気の雑誌でいられたということはスゴいことである。
三十年前、私が何をしていたかということですね、言いたくないけど田舎の中三か高一かしらん。ファッションとか流行とかいうものとは全く無縁の生活をおくっていた。あの頃は女のコの着るものなんかあんまり売っていなかったし、外出するのは制服という時代である。けれども私と「アンアン」との絆は、その頃からちゃんと結ばれていたのだ。
「『アンアン』創刊記念・キャッチフレーズ募集」というのに応募したところ、選外ではあったがタオル地のポーチが送られてきたのである。茶色のタオル地のとてもステキなポーチだ。
ところが今、マガジンハウスの古い社員の方に聞いても、
「そんなものは見たことがない」
という。が、私は確かに手にしていたのである。
それからいろんなことがあったわ。大学生の時はトラッド全盛期で、私は典型的な女子大生ルック。なんと髪を巻いて、セリーヌのスカーフにチェーンを垂らしていた。当然「アンアン」のとがったファッションとは無縁になる。
それが再び近づいたのは、コピーライターになった時である。私がとてもダサい格好（これももう死語かしらん）をしているというので、
「これでも読んで勉強しろ！」
と投げつけられたのが「アンアン」であった。
が、グラビアを見たってちんぷんかんぷん。とにかく私とはまるっきり遠い世界の話という感じであったが、少しでも近づくように努力しました。そうなると気持ちはフクザツになっていくから、人間ってイヤね。
カッコいいスタイリストとかモデルの人たちがやたら出てくるとさ、
「ふん、有名人ぶっちゃってイヤな女たち。男と遊んでそうで、キライよ、こんな人たち」
なんて思ってたっけ。
今もそうだけど、マガジンハウスの人たちっていうのはとにかく私生活でも決まってて、飲みに行っても遠くからわかる。
「ここは『ブルータス』編集部の連中が飲みにくる」
「『アンアン』の人たちが食事するところ」
などということを売り物にしているところも多かった。
そういうのを見ると、「フン！」「フン！」「フン！」の連続よ。劣等感にこりかたまって、ひがみっぽい女って本当にイヤね。
「なんかさー、ヘンな黒い服ばっか着ちゃってどこがおしゃれなのよ」
と毒づいてたわ。
そんな私がある日、知り合いをとおして取材の依頼を受けた。
「コピーライターってどんな仕事？っていうテーマで出てくれない」
そりゃー、嬉しかった。どういうものを着たらいいんだろうかって三日ぐらい悩んだもんだ。その頃の私は、ちょっとカン違いしているテクノファッションといったらいいだろうか。髪はツンツン、フィオルッチの銀色のジャンパーといういでたちだった。
はっきり言って、田舎っぽいダサさから、東京のギョーカイ人のダサさへと移行していたのだ。
しかしこんな私でも「アンアン」の人たちは何かと親切にしてくれ、次々と取材がくるようになった。まあ私も処女作を出版して、多少有名人になっていた、ということもある。
そして、運命の日がやってきた。ある日、一本の電話。
「もしもし、今度さ、あなたのとこへ行く編集者は、マガジンハウスいちのハンサムなのよ。一度見ておいて損はないわよ」
背が高く、顔が濃い若い編集者がやってきた。彼は、中途入社だったので、まだ二年めぐらいだったろうか。
南青山にあった私の仕事場に来て、ついでだから根津美術館の庭に遊びにいった。途中、肉屋の前を通った。
「ね、ね、ここのハムカツ、すっごくおいしいんだよ」
私が言うと、
「そうですか」
若い男はぶっきら棒に言った。
私はそこでハムカツとコロッケを買い、私の仕事場で一緒に食べた。とてもおとなしく感じのよい人だと思った私の目は、ふし穴だった。
今から十五年前のことである。その若い男は四十となり「アンアン」の編集長になった。テツオである。
あれから十五年たつ。私の歴史は、ちょうど「アンアン」の歴史の半分だ。
私の出場回数は、女性部門ではなんとあのキョンキョンを抜いて第1位というではないか。「アンアン」のミューズ・キャラクターともいえるキョンキョンをしのぐとは、なんとスゴいことであろうか。
オバさんになっても「アンアン」に出て違和感のない女でありたいと願う私。
今週は三十周年にちなんで、格調高く感動的にしました。

美人になあれ

（『トーキョー偏差値』2003年9月刊より）

いよいよ、私の怖れていた日がやってきた。

そう、約三ヶ月ぶりにダイエットを再開したのである。

昨年の十一月頃までは、それでも炭水化物やアルコールをやめ、自分なりにルールを守っていたのであるが、温泉へ行ってからというもの、タガがはずれた。

「どうせ来年、また先生についてダイエットをするんだから」

と食べに食べた。ちょうどフグのおいしい季節である。それまで私は、どんなに勧められてもヒレ酒を断り、雑炊も口にしなかったのであるが、ビールからがんがんやり、雑炊は二杯おかわりした。

そして先日、レオタードを着て体重計の上にのった私。ガーン、あたり前のことであるが、増えている。四キロ近くも。

「ハヤシさん、今年から心を入れ替えてね」

はい、私を信じてくださいと、大きな声で誓ったのである。

そしてダイエットと同時に、自宅用エステもすることにした。暮れのチャリティショーで、芳村真理さんとご一緒した時、ミニエステ器を使っていらっしゃるのを見た。長年にわたって、その美貌とプロポーションを維持している芳村さんの化粧ポーチを、ずっと私は盗み見していたのである。

「これ、どうやって手に入れたんですか」

「よかったら紹介してあげる」

親切な芳村さんは、さっそく連絡してくださった。

そして私は、これを一日おきに使っているのである（といっても、たった二回だけであるが）。先端にジェルをつけ、肌に押しあて、すうーっと上にひき上げていく。あーん、あったかくていい気分。こうしながら私は、

「美人になあれ、美人になあれ」

と心の中でつぶやいているのである。

こういう心根を持ち、努力をしていれば、若い頃の私はもっとマシな人生をおくり、男の人にもモテていたかもしれない。昨年、某出版社から「林真理子全一巻」というビジュアル本が出版された。丸ごと一冊林真理子という、贅沢な、というよりもいったい誰が買うんだろうという感じのマニア本である。幼少の頃からの私の写真も、いっぱい出てくる。

自分で言うのもナンだけれども、小学校までの私はまあまあ可愛い。背丈もみんなより頭ひとつ高く、足がすらっと伸びている。

ところが中学校に入ったとたん、私はとたんにブスになる。写真を見てもはっきりとわかる。髪はバサバサ、眉はゲジゲジ、肉はたっぷりついて、表情も暗い。とにかく小汚いのである。どうしてこれほど変わってしまったのであろうか。

どうやら私は、少女期をうまく脱皮することに失敗したようなのだ。小学校の時、私は近所の同い年三人で、〝三ッ葉グループ〟というのをつくっていた。いつも三人一緒に遊んでいた。A子もB子も、どうということはなく平凡なコで、私は内心、この三人の中で自分がいちばん頭がよく可愛いと、うぬぼれていたところがある。

東京の私立はどうだか知らないけれども、田舎の公立は、中学校に入るまでたいていのコは自分がどのへんの成績か把握出来ていない。中学へ入ってびっくり。中間試験というものがあり、成績が張り出される。A子もB子もベスト10入り。私は四十五番というていたらくである（百五十人かそこらの学校でだ）。それどころか、思春期を迎えて、A子もB子もぐんぐんキレイになる。B子なんかは、短大を出た後、JALのスッチーになったぐらいだ。

それ以外にも、多くの友だちが変身を遂げていく。ついこのあいだまで、私と同じようにパンツ見せてドッジボールをしていた女のコに、上級生から呼び出しがかかる。一緒に校庭を歩くと、彼女に気のある野球部のピッチャーが露骨にそぶりを見せる。練習をやめてこちらを見ている。ピーッ、ピーッと冷やかしの声。

「女に気をとられんな。しっかりやれよ」

やーねーと友だちは言ったけど、私は羨ましさのあまり胸が張り裂けそう。その頃から、異様に自意識過剰の私は、どうして人々が私に注目しないのか不思議であった。

そして誰かに、「ブス」とか言われ、私の心は傷ついた。傷ついたらどんどんデブになり、身のまわりに構わなくなった。

この絵を見よ。笑顔の愛らしい、スタイルのいい少女が、二年後には顔のむくんだ肥満女になってしまったではないか。

最近、車のCMで盛んに言っている。

「女は美人に生まれるのではない。美人になるのだ」

同じことが言える。

「女はブスに生まれるのではない。ブスになるのだ」

友だちのほんのちょっとしたひと言がきっかけで、いじめや不登校が始まるように、少女の運命も決まってしまうのね。

私は昔の写真を見ているうちに、胸がいっぱいになってしまったのである。

大人になった私もそれなりのことがあり、恋もしたし結婚もしたわ。けれども少女の時の黄金期は取り返しがつかない。中学校の時のブス写真を見るたびに、私は過去の私にわびている。

「努力しなくてゴメンね。綺麗にしてあげられなくてゴメンね」

そのかわり、今、結構頑張ってるからさ。お洋服もいっぱい買ってあげるよ。

BEST of BEST

美女入門
ベスト・オブ・ベスト

求愛の力関係

（「トーキョー偏差値」2003年9月刊より）

最近私のまわりで、何組かの夫婦が離婚した。その中に家族ぐるみで仲のいいカップルがいたので、夫はすごいショックを受けていた。

「離婚するなんて、どうしてだろう」

おろおろおろ……。

私はフンと嗤《わら》ってやった。

「あのね、今頃離婚するなんて、ちっとも珍しいことじゃないのよ。うちだって、私の堪忍袋の緒が切れたらおしまいなのよ。うちは『今そこにある危機』なんだからねッ」

私がそのカップルよりも驚いたのは、バツイチ男と結婚した友人の例である。二人がつき合っていた時、男の方は奥さんがいた。つまり略奪結婚というやつである。一説によると、前の奥さんと別れるために、男の人は数千万円遣ったそうだ。すごいお金持ちと結婚し、皆、彼女のことを「玉の輿」と羨んだ。

しかし私には、ちょっとひっかかることがあったんですね。それは新婚まもない彼らが、自宅でのディナーに誘ってくれた時のことだ。新居がわからない私に、彼女は言った。

「近くにホテルがあるから、そこのコーヒーハウスで待ってて。彼を迎えにやるから」

コーヒーを飲んでいると、その彼がやってきた。私は立ち上がり、レジのところでコーヒー代を払った。彼はその間、じっと出口のところに立っていたと記憶している。

私はその時、

「ケチでデリカシーがない男だなあ……」

と思った。待ち合わせ場所に行ったら、女の人が先に来ていたとする。すぐに出ようとする場合でも、男だったらコーヒーの一杯もつき合うのが普通だろう。その時間もないというんだったら、せめて伝票を持って、女の人のお茶代を払うのは常識中の常識。学生の待ち合わせじゃないんだから。いい年の男と女が待ち合わせをしたら、たとえ関係のない女だってそのぐらいするのがマナーでしょう。

そして私は、案外あの男はシワいと思うようになった。今、離婚した彼女も、口をきわめて悪口を言う。

「本当に最低の男だったわよッ。本当にケチでケチでどうしようもなかったの」

私のあの時の勘はあたっていたのである。

けれども、あのような大恋愛で結ばれた男と女が、どうしてあんな風に憎み合うんだろうか。そんなに不思議とは思わないけど、なんだか哀しい。「愛する」という正のエネルギーと、同じ量の「憎む」という負のエネルギーが働くのであろう。

ところで秋の芸術シーズン、私はオペラを観に出かけた。演出はポピュラーな「椿姫」である。一緒に行った方は、大のオペラ好きの某企業のオーナー。特に「椿姫」が大好きという方だ。

「ハヤシさん、僕は『椿姫』を観ると、いつも泣いちゃうんですよ。特に二幕目の別れのところがたまらないですなあ。今日もホロリときちゃいました」

「椿姫」のストーリーをかいつまんで話すと、ヴィオレッタは高級娼婦。貴族のパトロンを持って、毎日パーティづくし。そこへアルフレードという、地方の富豪のお坊ちゃんが現れ、彼女に愛を告白する。

「私なんか」と相手にしなかったヴィオレッタであるが、彼の情にほだされ、やがて愛し合うようになる。同棲する二人のところへ、アルフレードのパパがやってくる。

「あんたみたいな人と一緒だと、娘（妹）の縁談が壊れそうなので別れてくれ」

それでヴィオレッタは、わざと愛想を尽かしたように家を出ていくのであるが、その前に彼にすがる。本当の理由を言えないつらさ。彼女はこう言うの。

「私を愛してね。私があなたを愛するぐらい、私のことを愛してね」

なんて美しい言葉でしょうか。なんて素晴らしい求愛だろうか。「いっぱい愛して」や「うんと愛して」ではなく、

「私があなたを愛するぐらい、私を愛してね」

と言ったら、もうこれ以上のものはない、というぐらいである。

そして私は考える。男と女が同量で愛するということがあるのだろうか。

ある作家が、こう書いている。

「この世には、うんと愛している人間と、愛されてもいいと考える人間の組み合わせしかない」

それはあたっているかもしれない。そして始末に悪いことには、この力関係がしばしば崩れてくるのだ。私のうんと若い友人のA子が、このあいだ大失恋してしまった。なんでも、合コンで知り合ったエリートに、あっさりふられたらしい。

「でもさ、最初迫ってきたのはあっちなんだよ。とにかくつき合ってくれ。お願いだ、頼む、ってすごくしつこかったんだよ――」

そして彼女の気持ちも高まってきたら、今度は男の方が冷めていく。よくあるパターンですよね。

「だったら、どうして最初にあんなに迫ってきたのよ。最初チョボチョボだったら、私も対処の仕方があったのに」

そりゃそうかもしれないけど、そんな風にうまくいかないのが、男と女の不思議なところ。そうかといって、人の心を小出しにするわけにはいかない。このペース配分について、おいおいお話ししましょう。

二の腕横綱

（「美は惜しみなく奪う」2009年4月刊より）

今日はいよいよデイトの日である。

私は万端ぬかりなかったと思う。まず朝、家に来てくれるインストラクターによって、ストレッチとエクササイズ。もう何をやっても遅いけれども、とにかく頑張らなくっちゃ。

そして体操を早めに切り上げ、タクシーで原宿へ。いま話題の造顔マッサージの創始者、田中宥久子《ゆくこ》さんが、つい最近サロンをオープンした。そこで顔をあげてもらったのである。この頃の疲れからついうとうと……。しかし、目をさますと、鏡の中にはピンと上にあがった張りのある私の顔があるではないか。田中先生が思いきり力を込めてマッサージをし、上へ上へとあげてくださったのである。

スッピンのまま、またタクシーに乗り都内の某ホテルへ。今日は個々のスイートルームで、テレビのインタビューが行われるのである。このあいだジル・サンダーで買った真白なジャケットに黒い麻のスカート。靴はプラダのゴールドで、われながら素敵なコーディネイトだと思うわ。インナーは、これまたジル・サンダーで買った新品のカットソーを着た。これはノースリーブで、ちょっと透きとおるストレッチのジャージー素材だ。お肉の波うっているのがはっきりとわかる。ノースリーブから出ている腕の太さときたら、体の横幅と同じぐらいだ。しかし上着を着るんだからどうということもないわね。

それにしても今夜のデイトはうまくいくはず。いつも寝グセのついた私の髪も、ヘアメイクさんがちゃんとやってくれたから、ピシッとブロウされている。お化粧も薄いけれども、プロの技でおめめがぱっちり見える。やや遅れて、和食屋さんへ行ったら、あちらはもうカウンターに座っていた。他の人はどうだか知らないけど、私は男の人とカウンターで食べるのがあまり好きじゃない。体の側面に自信がないからである。私の友人も言っていた。

「デブの女にとって、カウンターってつらいわ。フレンチのテーブルなんかだと、真正面からじっと相手を見て、たぶらかすってテがあるんだけど」

だけどあちらの指定だったので文句ひとつ言わず、その和食屋のカウンター席についた。このところまた太ったので、椅子が窮屈に感じるわ。

「元気だった？」

「久しぶり、乾杯」

このお店は日本酒が充実しているのであるが、まずはロマンティックに白ワインからいきましょう。

その人と会ったのは本当に久しぶりだったので話ははずみ、私はホホホと笑ったりする。その時だ。何か倒れる音。カウンターの向こうにいる若い板前さんが料理を出そうとして、ワインのグラスを倒したのである。

「あら」

「あ、すいません、すいません」

大騒ぎになった。私のジャケットには、白ワインのシミが水玉模様となってついた。

「ハヤシさん、手当てしますから、すぐに脱いでください」

「そうだよ、早く脱いだ方がいい」

連れの男性も言ったので、私は素直に脱ごうとした。その時、酔っていたこともあり、私はすっかり忘れていたのである！　自分の二の腕の太さ、わき腹の波打つ脂肪。特に二の腕の太さときたら、しつこいようだが体の横幅と同じである。

上着を脱ぎかけたとき、空気が私の腕に触れ、そしてやっと気づいた。

「あの、いいです。気にしないで。この上着、すぐにクリーニングに出すはずだったから構わないでください」

「いいえ、そんなわけにはいきません」

無理やり脱がされる私。そして私の二の腕とわき腹は、空気にも触れ、人の目にも触れた。

「わー、すごい！」

と彼は叫んだ。

「腕相撲、すっごく強そうだねぇー」

私は傷ついた。ものすごく傷ついた。いろいろと準備をし、時間切れでどうしようもならないぶっとい体は、うまくジャケットで隠したはずなのに、まさかこんなアクシデントが待っていたとは……。

「どうも肉塊を見せてすいませんねぇ……」

結局私は、一時間近く上着なしでカウンターで過ごしたのである。ああ無情……。

ところで、毎朝七時半から、駅ナカのジムに通い始めたことはすでにお話ししたと思う。十時までの早朝会員で、会費は一ヶ月なんと五千五百円！　それなのに「すっきりお腹」「引き締め下半身」といったプログラムも充実していてとてもお得だ。

仲よしの隣りのマンションの奥さんと二人で通っているのだが、最初の日、トレーニングウエアになった私たちは、お互いに驚いた。あちらは顔が小さく、手脚がほっそりしているのに、お腹まわりはすごいのだ。そしてあちらも同じことを思ったみたい。

「ハヤシさんって、着やせするんですね……」

つまり私たち、弱みをしっかり握り合っているわけ。

その彼女に、二の腕を見られたことを言ったら「キャアー、ひどい！」と悲鳴をあげた。

「そんなひどいアクシデントがあったなんて、本当にかわいそう。わー、悲劇、サイテー」

ここまで言われるとかえって落ち込みます。

love message :

林真理子先生　その探究心に、ゴールはあるのでしょうか？　その感性は、どうやって磨かれるのでしょうか？　そして、そのエネルギーは？　いつお会いしても、世代や業種を問わず縦横無尽で鋭い切り口のお話から刺激を頂いてます。何よりその真っ直ぐな言葉に勇気を頂いてます。落ち込んだり傷付いたりすることがあっても、顔を上げて歩き続け進化を目指す「アスリート魂」を林真理子先生から教えてもらってます。まだまだ後を追い続けさせて下さい！

from :

君島十和子さん

フェリーチェ トワコ
クリエイティブ ディレクター

林真理子さんの『美女入門』のエッセイを抜粋して、2002年に十和子さんが著書の帯文に使ったことから、林さんの美の師匠＆友人としてのおつき合いがスタート。エッセイ中でもたびたびイラストつきで登場してくれている。

MARIKO FAN CLUB

おいしいものを食べ、シャンパンを飲み、最新モードを衝動買い。ダイエットにエステ、旅、そして仕事……女に生まれたからこそ味わえる幸せや喜びや哀しみ（おもにダイエット関係）を「これでもか！」というくらい満喫している林さん。林さんのエッセイを読んでいると、私まで、ウキウキしたりワクワクしてくる。そして読み終えたあと、なんだか元気になっているのです。林さんのエッセイを読むことこそ、美女への近道なのでは？　なんて思っています。

from :

photo：Yoichi Nagano

伊藤まさこさん

スタイリスト

学生時代に『アンアン』の連載を読んでからの20年来のマリコファン。今もエッセイは欠かさず読んでいる。“あらゆる意味で自分とはぜんぜん違う人生を歩んでいる”林さんが綴る日々の出来事は、目からウロコの連続！

love message :

マリコさんには、私が20代の頃から、都内や京都のおいしいお店、歌舞伎や宝塚、着物の選び方など、本当にいろいろなことを教えていただきました。いつも干しいもや桃など、季節のおいしいものを送っていただき、ありがとうございます。マリコさんのご実家はフルーツが豊富な山梨。私は海の幸が豊富な福井出身なので、こちらから蟹などの魚介をお送りすると、いつも手書きの丁寧なお礼状を送ってくださいます。子供が生まれるときや母が病気のときも、涙が溢れるような温かいお手紙をいただきました。私にとっては、実の姉以上にお姉さんのような存在。感謝の言葉が尽きません。（談）

from :

photo：Maki Ogasawara

秋元麻巳子さん

ご主人は秋元康さん。結婚直後に、林さんが柴門ふみさんと秋元邸を訪問してから、長年家族ぐるみのおつき合い。年末に仲のいい5組の夫婦で集まって食事会を開き、その年の出来事や来年の抱負を語り合うのが毎年恒例に。

love message :

林真理子さんといえば、「PURE」という言葉が思い浮かぶ。乙女のような気持ちをお持ちになり、なんとも可愛いお方。いつも周りの人のことを考えていらっしゃる、気配りのお方。そして、時折、フトした時に、ズバッ！っと、的を射たことを仰る方でもあられます。常にアンテナを張り巡らせていらっしゃり、「美」に対する探究心は計り知れない。そんな真理子さんが、日々、見たり、感じたりなさったことを、純粋で明らかな様で書き続けてこられた『美女入門』だからこそ、多くの女性や読者の皆さんの、「PURE」なハートを射止めるのでしょうね。

from :

姿月あさとさん

ヴォーカリスト

2009年に、エンジン01の高知のイベントでオリジナルの龍馬ミュージカルを行った際に、姿月さんが龍馬、林さんが妻のおりょうを演じたことから、プライベートでも食事や旅行に出かける間柄に。

LOVEメッセージ・フロム・“マリコ・ファンクラブ”

デビュー以来、常に圧倒的な女子人気(＋男子少々)を誇る林さん。
なぜ事程左様に、ファンの心をとらえて離さないのか？その理由を垣間みると。

love message :

林真理子さんの本の魅力は世代と時代の圧倒的なリアリティ。みんなが思っていながらも言葉にするのがむずかしいことを、いつも直球かつ女性ならではの視点で表現している筆力がすごいのです。とくに私が好きなのは『下流の宴』『コスメティック』『秋の森の奇跡』『anego』。林さんはいまだに原稿を手書きされていると聞いていますが、やはりペンで書くからこそ、あそこまで文字が生きているのでしょう。林さんの本に出てくる人物は、主人公のみならず、脇役も感情移入してしまうことが多々あり、いつも読んでいるとハラハラドキドキ。その臨場感は他の本からは得られません。

from :

佐藤悦子さん

SAMURAI マネージャー

夫はクリエイティブディレクターの佐藤可士和氏。『アンアン』連載以来のマリコファン。林さんの本の装丁依頼に、装丁は友人知人のものしかやらない佐藤さんが、悦子さんのたっての希望で仕事を引き受けたというエピソードも。

love message :

『ルンルンを買って～』以降、林さんのエッセイの大ファンです。ご本人も存在が圧倒的で、その洞察力にはいつも脱帽。メイクやファッションを素早く上から下まで観察し、気になるものは「その帽子どこの？」「そのジャケットとパンツの組み合わせは、さすが○○ね」と、的確な言葉に表現されていました。いい意味でミーハー、頭がいいから話がすごい勢いで飛ぶのが林さんらしさ（笑）。そしてご自身が苦労され、努力されて美しさを手に入れたからでしょうか、きれいな子やがんばっている子の絶対的な味方。私も林さんが書く文章にいつも励まされています。

from :

雅子さん

モデル

学生時代から林さんのエッセイの大ファン。『アンアン』の編集者の紹介で出会って以来、プライベートで一緒に遊んだり、お家に招かれたり。林さんの着物を借りて、林さんが出演した日舞の発表会の受付をしたことも。

Chronicle

「美女入門」クロニクル

新居完成、直木賞選考委員、『SMAP×SMAP』出演、AKBと共演…
連載開始から14年、山あり谷あり!?の美人道の軌跡。

Photo : Kenji Itano, Hiroo Tasaki, Yasuhito Dozono

東郷さん
アンアン
初登場

日本中を震撼させた（？）"結婚狂騒"から5年。アツアツのメモリアルショットをアンアン誌上で本邦初公開。ベールに包まれていた結婚生活の様子を明かした。（アンアン977号）

anan連載ヒストリー

1985

5月 短期集中連載「大好きな男が嫌いになるとき」開始（anan478号～490号）

8月 「南青山物語」連載スタート（anan491号～533号）

1986年6月 「マリコ・ストリート」連載スタート（anan534号～583号）

1987年7月 「恋愛【中級】講座」連載スタート（anan584号～607号）

1988年7月 「マリコ・JOURNAL」連載スタート（anan611号～624号）

1990

4月 anan独占緊急連載**「林真理子のウェディング日記」**（PART Ⅰ anan721号～730号、PART Ⅱ anan731号～757号）

美女入門年表

1997

10月 anan1089号「美女入門」連載スタート。

1998

10月 その年に一番輝いていた女性に贈られるダイヤモンド・パーソナリティ賞受賞。ちなみに前年の受賞者は黒木瞳さん。

1999

5月 テツオがanan編集長になる。

7月 新居が完成。**はじめての一戸建て。**

9月 出産、引っ越しで増えた体重を減らすために近所のスポーツクラブに入会。

9月 ベルサイユ宮殿の夜会に招かれ、ハナヱ・モリでオートクチュールドレスを発注。

10月 **ベルサイユ宮殿の大夜会に出席。**

2000

1月～3月 和田式ダイエットで今までで最高の成果を残す。同時に、コルドン・ブルー日本校に通い、フランス料理を習う。

3月 anan創刊30周年。anan登場回数、女性部門でキョンキョンを抜いて1位に。

4月 anan30周年記念チャリティ・オークションに**バーキンを出品**。

7月 **ダイエット成功**後、初のヨーロッパ旅行でミラノへ。シャネル、ヴァレンティノ、ジル・サンダーなどを買いまくる。

7月 直木賞受賞から15年、直木賞の選考委員に就任する。

11月 「ジュエリーベストドレッサー賞」受賞。『おしゃれカンケイ』などテレビ番組の出演が続く。

2001

4月 和田式ダイエットの先生からの独り立ちを決意するが、リバウンドの恐怖がじわじわと襲ってくる。

5月 テツオがanan編集部を異動。

6月 『SMAP×SMAP』に初出演！

7月 タカラジェンヌのあくらさんと出会う。以後、妹分に。

10月 買いまくった服や小物の数々が眠り、足の踏み場もないほどの秘境と化した約3畳のクローゼット、通称"チョロランマ"を探索する。

10月 フランス観光親善大使に任命されパリ旅行計画を立てるが、9・11テロの影響で延期になる。

バーキンを
格安で出品

大事にしていた茶色のバーキン。テツオに目をつけられたのが運のつき。チャリティプライスでなんと7万円（！）。（『美女入門PART2』「バーキンの恨みvsフグの恨み」より）

おしゃれな
新居を誌上
初公開

土地探しから内装、インテリアまで自分で選んで建てた、"マリコの美意識と教養の集大成"の新居を6ページにわたって特集。こだわりの収納も公開。（アンアン1180号）

半年で
10kg減に
成功

「ダイエットに成功して良かったのは、好きな洋服が何でも着られること」。痩せた秘密をアンアンで独占インタビュー。（アンアン1249号）

ミキモトのマリコジュエリー

ミキモト真珠発明110周年記念で林さんら著名人11人がデザイン。売上は森林の保全育成に役立てられた。(『美女に幸あり』「贅沢の極み」より)

ベルサイユで大夜会

世界中から200人が招待された。ドレスは森英恵先生のオートクチュール。「イブニングは女の美の集大成」。このドレスのためにダイエットに励み、1週間でウエスト5cm減！

『anego』が大ヒット!

ドラマは'05年4月期に日テレ系で放送。主演の篠原涼子さんは、最優秀主演女優賞受賞。お相手の黒沢役の赤西仁さんも記者投票で1位に。原作は小学館文庫にて好評発売中。

2002

- 2月 今年の目標として「男にお金をつかわせる女になること」を決意。
- 5月 ヒアルロン酸注射初体験。長年のコンプレックスであった目の下の深いシワがたった数分で解消。
- 6月 君島十和子さんから、本の帯フレーズへのお礼状が届く。(「こんな美人も、こんなに努力しているのだ」(『トーキョー偏差値』「メイクと自己愛」より)が、十和子さんの著書『エレガンス・バイブル』の帯フレーズになった)
- 8月 18年ぶりにハワイでバカンス。
- 12月 お休みしていた和田式ダイエットを再開。ananの担当者にフェイストレーニングの本をもらう。

2003

- 1月 香港にゴージャスなお買い物ツアーに出かける。参加者は、当時anan編集長だったホリキさん、**江原啓之さん**、プレスのカサイさん、元香港大富豪マダムのサカマキさん。
- 2月 マリコのキャラクターイラストが、**ミキモト110周年の記念ジュエリー**に。
- 4月 パリからの電話でクロコのバーキン購入。
- 5月 「桃見ツアー」に間違えてマルゴーのワインを持っていってしまう。
- 5月 六本木ヒルズがマイブームに。会員制クラブの会員にもなる。あるデートがきっかけで、女王体質が身についたことに気づく。
- 7月 **世界的なヘアアーティスト、マサト氏**にカットしてもらう。
- 10月 奥田瑛二氏の監督作品で銀幕デビュー!?（ただしノーメイクで…）
- 12月 出雲へスピリチュアルツアーに出かける。

2004

- 2月 某社で創刊された女性誌のイメージキャラクターになる。
- 3月 体重が近年の最高値を記録（!）。香取慎吾さんを痩せさせたカリスマ・パーソナルトレーナーのもとで、〝富永愛作戦〟スタート（後に〝天海祐希作戦〟に名称変更）。
- 8月 ダイエット親友のサエグサ氏と8日間の断食道場入門。
- 10月 自分の誕生日が実は4月1日ではなかった（!?）ことが発覚。
- 10月 海老蔵襲名公演の観劇のためパリへ。
- 12月 講演のためマウイ島へ。帰国後、そこで出会ったお金持ちのお宅を見に行く。

2005

- 2月 2度目の歯の矯正を決意する。
- 3月 奈良スピリチュアルツアー。「フランス人の恋人ができる」とのお告げが!?
- 4月 著作**『anego』がドラマ化**。一大ブームを起こす。
- 5月 anan35周年パーティに際して、疎遠になっていた和田式ダイエットの先生に再び助けを求める。
- 6月 女性誌編集者に、造顔マッサージの田中宥久子先生を紹介される。
- 7月 **愛猫ミズオ**が亡くなる。
- 8月 バリのThe Dusunにてバカンス。
- 9月 お告げのフランス人とついに出会う!? 3か月で13kg痩せるという噂の中国鍼にチャレンジする。

江原啓之さんとの出会い

どんなに忙しくても、毎年必ず開運ツアーに出かける、仲良しの江原さん。出会いはアンアン918号の対談。林さんは、会うのが楽しみで、1週間前からドキドキしていた。

カリスマ美容師マサト

海外の名だたる女優やトップモデルを手掛ける「マサト パリ」のマサト氏。顔がものすごく小さく見えるミラクルなショートヘアに。(『美女に幸あり』「ミラクル・マサト」より)

愛猫のミズオ

享年17歳。夏の暑い日に急逝した。ちなみに美少女猫のゴクミは'08年に逝去。(『美女は何でも知っている』「プライドにさようなら」より)

龍馬ミュージカル

これがウワサの“龍馬ミュージカル”のラブシーン！　龍馬を演じる姿月さんの巧みなリードで“女優魂”に火がついた林さん。お似合いの龍馬＆おりょうに観客から大喝采が。

「林真理子のあれもこれも日記」開始

月間200万ページビューを誇る人気公式ブログ。毎日数回更新。おいしいお店や華麗なる人脈など、エッセイとはまた違うライブな面白さ。http://hayashi-mariko.kirei.biglobe.ne.jp

エンジン01のイベント

うふっ
次はCMタレントねっ

林さんが幹事を務める文化人のボランティア団体「エンジン01戦略会議」。文化の育成と普及を目的に毎年、日本各地で講演やシンポジウムを行っている。

2006

1月　箱根スピリチュアルツアー。

3月　自宅付近でひったくりに遭う。

5月　ananの企画で中国・杭州の旅に出かける。

8月　川島なお美さん、新潮社の中瀬さんと3人で〝魔性の女の集会〟を開く。

10月　かつてないほどビンボーな日々を送る。秘書のハタケヤマ氏より「買い物禁止令」が出される。

12月　セレブ御用達のパーソナルトレーニングを開始。トレーナーが週に2回自宅に来てくれるプログラム。

2007

1月　戸隠スピリチュアルツアー。

2月　炭酸ガス注射に挑戦。

2月　**エンジン01**のイベントCMのためセーラー服を着る。

3月　前年から悩まされてきた**ふたつの〝H〟（貧困、肥満）**のうちのひとつ、貧困から脱出。

4月　通販で買ったビリーズブートキャンプのDVDをようやく開封。挑戦してみるが…。

6月　駅前のジムに毎朝7時半から通い始める。あくらちゃん、神田うのちゃんの結婚式が決まり、秋のビッグイベントの目玉に。

8月　2度目の断食道場へ。

8月　幻の宮崎スピリチュアルツアー。

10月　ananの企画でタイのチバソム・スペシャルツアーへ。

12月　『SMAP×SMAP』のビストロスマップに江原啓之さんとともに出演。幻の魚クエの料理をオーダー。江原さんは海藻を使った料理をリクエスト。

2008

1月　岡田斗司夫氏に紹介してもらったカラーコーディネーターにパーソナルカラー診断をしてもらう。ペパーミントグリーンなど〝夏の色〟が似合うことを知る。

2月　伊勢スピリチュアルツアーに出かける。

4月　パリでバーキンをオーダーし、服もどっちゃり買って、銀座のギャラリーで素敵な絵を購入。…が、口座を見て青ざめる。

5月　エンジン01のポスター撮影でイブニングドレスを着て名古屋・東山動物園のキリンと共演。

7月　ananの元担当ホッシーの紹介で加圧トレーニングを始める。〝マリコ・モンロー計画〟始動。

9月　米サンフランシスコ、ナパバレー・ワインツアーで飲みまくり、5日間で2・5kg増。

11月　エンジン01のイベントで有森裕子さんとマラソンを走る。

12月　初の料理レシピ本**『マリコ・レシピ』**を刊行。コンセプトは〝たまに料理をする人のための、うんと手間とお金をかけるレシピ〟。

12月　テツオが約10年ぶりに書籍の担当に復帰。二人で鮨屋で復活祭を行う。

2009

2月　公式ブログ**「林真理子のあれもこれも日記」**スタート。

2月　トイプードルの**マリー**が家族に加わる。

4月　1か月だけ代打で来てくれたフィリピン人のメイドさんが、秘境化して久しいウォークインクローゼット**〝チョロランマ〟の完全整理**に見事成功する。

愛犬マリーちゃん

林さんの家に来たときは体重たった400g。真っ黒な子犬だった。…自分の中で1日に増減するお肉の量と変わらない、と思った林さん。（『地獄の沙汰も美女次第』「溺愛ワンコ」より）

『マリコ・レシピ』

マリコ・レシピ
林真理子

凝り性の林さんは家庭料理も高級志向で、じっくり手間をかけて作りたい派。そんな林さんがつくった初のレシピ本。たまには豪勢な料理を作りたいときに。マガジンハウス刊。

秘書のハタケヤマ

超多忙で遊び好きな林さんのスケジュールを管理している超有能秘書。ときどき毒舌。（『美は惜しみなく奪う』「名古屋ナイトだニャー」ほか）

ハヤシさん、ひとつのHから脱出しました！

“チョロランマ”片づく!?

スッキリ！
チョロランマ

数年間、扉より奥に足を踏み入れられなかった“チョロランマ”が、最奥部まで開通。だが、1年後にはまた元通りに…。(『地獄の沙汰も美女次第』「開け！チョロランマ」より)

2か月でマイナス12kg!

驚異的なシェイプに成功し、「セレブのダイエット術」特集で、リア・ディゾンさんや熊田曜子さんらと並んで登場。(アンアン1686号)

AKB48と歌で共演

会いたかった
君にイ〜

ボランティアイベントにて、企画委員長の秋元康さんの「選挙なしでマリコをセンターにしてあげるよ」の言葉で実現。しかも衣装も本物をオーダー。そのときの写真はブログに！

2009

6月 麻生圭子さんの仲介で、京都で**十二単を着せてもらう**。

6月 知り合いに「2か月で7kg痩せた」と聞いて肥満専門クリニックを予約、血液検査を行う。

6月 川島なお美さんの結婚披露宴に出席。

7月 中井美穂さん、フリーエディターのホリキさんと香港買い物ツアーへ。

8月 三枝成彰氏らとともにイタリアオペラツアーに出かける。

8月 お医者さんの管理のもと、**2か月でマイナス12kg（！）のダイエットに成功！**

11月 エンジン01のイベントで**龍馬ミュージカルに出演**。龍馬の妻おりょうを演じる。龍馬役は姿月あさとさん。

2010

1月 フランス政府よりレジオン・ドヌール勲章シュバリエを叙勲。

1月 横須賀開運ツアー。

1月 川島なお美さん、中井美穂さんと久々の**“魔性の会”**。川島さんのご主人の鎧塚俊彦さんにウィーン料理をごちそうになる。

3月 ロールケーキブーム到来。ただし、食べるのは朝のみと決める。

4月 歌舞伎座の閉場式に昼夜とも出かける。会場は超美女であふれかえっていた。

7月 10年ぶりの自宅のメンテナンスと同時にチョロランマの怪物(※使いにくい回転ラックのこと)の退治を試みるが失敗する。

7月 中井美穂さん、ホリキさんと香港買い物ツアー再び。

7月 市川海老蔵さんと小林麻央さんの披露宴に出席。

8月 三枝成彰氏らとイギリス〜ドイツオペラツアーへ。

9月 ケータイが突然フリーズしてまさかのデータ消失。仕方なく買い替えることに。

9月 ジュネーブ取材旅行。

11月 ハワイにバカンスに出かける。

2011

1月 青森開運スピリチュアルツアー。

2月 新潟県長岡で行われたエンジン01のイベントで**AKB48と共演**。お揃いの衣装で「会いたかった」を熱唱。

3月 震災でニューヨーク渡航中止に。

4月 「東日本大震災」被災者支援チャリティバザーに未使用の黒のバーキンやシャネルのフォーマルJKを出品。大勢の知人友人にも協力してもらう。

7月 『笑っていいとも！』に23年ぶりに出演。黒木瞳さんからの紹介で。

10月 被災地チャリティ企画で銀座の高級クラブの**一日ママ**を務める。その日のために加圧トレーニングに力が入る。

12月 『通販生活』のCMに出演。

2012

1月 今年は「スマートフォンに替える」「スマートになる」というふたつの誓いを立てる（〝スマート宣言〟）。

1月 タイ・バンコクへ取材旅行に出かける。

4月 オマーン〜ドバイ美を磨く旅へ。

十二単を初めて着る

源氏の取材で頻繁に京都に通った林さん。十二単は実はイザというとき脱ぐのが簡単なことがわかった。(『美女の七光り』「婚活のハシリ」より)

コスプレ好きの私ですが、
十二単は初めてです…

久々の“魔性の会”

“魔性の会”は、お金持ちのおじさまに食事をおごってもらう会。でも、なお美会長の結婚後はとんとご無沙汰に。師範の新潮社の中瀬さんは仕事で欠席。

銀座の一日ママ企画

銀座の高級クラブ「グレ」のママと相談して、東日本大震災の被災地支援のために行われた企画。林さんの知り合いの大勢の文化人が日替わりママやお客さんとして協力してくれた。

美女入門スペシャル
桃栗三年美女三十年

著者　林 真理子

■2012年7月19日第1刷発行

■ EDITORS
今井 恵
高野玲子

■ ART DIRECTOR
林しほ

■ DESIGNER
辻 由美子

■ SPECIAL THANKS TO
アルマーニ ホテル ドバイ
コスモクラーツトラベル
エミレーツ航空
シックスセンシズ・リゾーツ＆スパ

発行者　石﨑 孟
発行所　株式会社マガジンハウス
〒104-8003　東京都中央区銀座 3-13-10
受注センター☎ 049-275-1811
書籍編集部☎ 03-3545-7030
印刷・製本所　凸版印刷株式会社

ISBN978-4-8387-2458-1 C0095

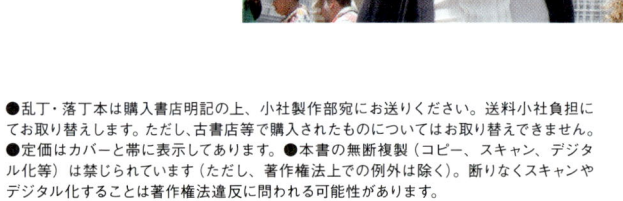

マガジンハウスのホームページ
http://magazineworld.jp